# 黑霧微光

馮國瑄 著

# 一齊點亮推薦——

似霧鎖本命，馮國瑄卻透過書寫，打亮暗隅。透過味蕾記憶，揣摩復刻每道迢迢似遠猶近的滋味，逐漸翻轉成醇厚雋永的佳釀。用字遣詞相當清爽，像一道道風味極好耐吃的散文拼盤，毫釐分明，既細膩纖弱又百味並呈。讀著讀著，黑霧漸漸散去，溫柔的暖光把讀者的心照得亮晃晃的……

——《上下游副刊》總編輯／古碧玲

每個成年人心裡都住有一個內在小孩，這個內在小孩能否得到安頓，是幸福與否的關鍵。在這本散文集裡，馮國瑄與內在小孩對話，一起在迷霧中尋找出路，一起試著相信未來的光亮。回望成長之路，他與內在小孩相互依偎，迎受家庭親緣的艱難命題，看見傷痕累累的過去，終於抵達可以安然的當下。《黑霧微光》是一本心念之書，心念會閃避、會逃躲、會趨吉避凶，當然也會因為相信了、篤定了，重新建構一個屬於自己的溫暖家屋。

——作家／凌性傑

國瑄能煮豐盛甘腴的桌菜，但多半時候只靠一只簡單的雪平鍋。流程他都想清楚了，從事前備料，俐落下鍋到大快朵頤如何善後，彷彿有一道隱形節奏藏於體內，整場食事像音樂。讀《黑霧微光》也有類似感受。用來料理這些往事的鍋具相當樸素，那自然是因為，食材本身已足夠鮮美：略與尋常「有異」的身世，讓這西螺長大的男孩，一邊護持著敏感好強的內心，一邊琢磨雕塑自己的形狀。無論寫血緣親人有心無意的深淺互動，成長途中所遇他者的啟蒙餽贈，乃至戀人間直見性命的拉鋸攻防，皆坦露以誠實的「隔閡」——那些否隔，或者源自對親密的想望，卻終究只能「餵給霧」。所幸霧裡總有微光，有時仰賴陌生人的慈悲，有時則端看自己，如何煎煮炒炸，使有異成為有益。

——作家／孫梓評

認識國瑄時他還是個大學生，但已展露出不一般的才華，使人不得不注目。若干年後，看著他在人生與創作上的成長，確實是方向明確，目標必達的努力堅持著。天生而具的敏銳細緻，使得他筆下的那個世界層次分明，充滿聲音與光影，自成魅力。雖然有時置身於黑霧之中，卻仍有微光，那光源便是自己。終有一天，不只是微光，而是更為巨大的光束，照亮世界。

——作家／張曼娟

馮國瑄是個有故事的人。有故事的人不一定能把自己的故事說得好，但國瑄有這個能力。他懂得用纖細的文字及控制得宜的情感，將成長過程爬梳出一篇篇動人的文章，像從迷宮找到有光亮的出口。我們跟著他的創作往前走，也許不清楚方位，卻能從他的身上感覺到一股強大的信念，指引著某個特別的遠方。

——作家／張維中

謝謝國瑄誠懇地把家庭和人際互動的細膩情感寄於筆下，直面那些不可割捨的個人史，熟悉的一幕幕荒誕、溫情、衝突、觸動的故事場景使人入迷。我們誰不是在這樣既平凡又戲劇性的生命歷程中尋找著與自己和解的幸福之道。

——椅子樂團／裘詠靖

跌撞而來的質樸青春裡，有著自我認同的啟蒙迷惘，亦夾帶原鄉的情牽惆悵。幸得堅定的信仰及文學底蘊作伴，將點滴苦澀化成希望光芒，引領迷途遊子跨越成長念想。感謝國瑄真摯無私的自剖書寫，敘事字句柔韌流暢，一如他向來用心款待的手路菜廚藝，細緻淡然而鏗鏘有味，溫暖力量直敲心房。

——資深時尚媒體人／黃偉雄

這是一部以時光為織反覆勾勒自身靈魂的作品，字裡行間不時照見微小的傷痛，當心底的記憶被招喚重現，竟成了我們學習擁抱自己的方式，輕輕的，暖暖的～

——電影導演／盧盈良

從簡單來，向質樸去，以最平凡的文字包藏生命最厚重的情感，一直是文學的最高段數。人世若是黑霧，書寫便是微光。

——東吳大學中文系副教授／鍾正道

自序

# 黑霧微光

小時候住在伯父家，他們疼愛我如自己的小孩，但敏感的我還是容易在某些時刻感到無比孤單。臨睡前的夜晚，小小的我躺在床上，張著眼，四周圍繞著黑暗。我偷偷幻想著未來，一幅明亮的畫面裡頭，有自己的家，還有未來的自己是什麼模樣。

如今，那個未來、長大成人的我，就坐在未來家中的餐桌前，寫著一本書，寫下當年的孤單與溫暖。

敏感、孤單和溫暖，對我來說就像是某種因果循環。因為敏感，我容易感到孤單，但也是如此，我又特別容易感受到別人給予的溫情，察覺別人剎那間微小的善意，我牢記心中，特別巨大，成為我成長中不可或缺的護身符。

《慾望街車》說：「我一直仰賴陌生人的善意。」當我讀到這句話時，當下便產生共鳴，根本在說我啊！在我三歲時，我媽媽就過世了，在命理學來看，我應該是個不幸的人。但我卻不這麼認為，在這件事之後，我輾轉的生命，一直得到許多疼惜的對待，仰賴別人的善意，我才能長大成人，我惦記這些好。從小沒有媽媽，但還是有人，願意把我惜命命。無論命運怎樣對我，我都堅信自己是好命的人。

原本是個無所事事的人，學業平庸，整天在小鎮游手好閒，找不到目標。卻在高中時，遇到兩位國文老師，帶著我接觸文學。我在文學裡得到慰藉，原來我之前的茫然、敏感，「沒什麼用途」的細微觀察、「吃飽太閒」的幻想意念，這些特質，都在文學裡得到發揮。

我的國文成績不算好，憑著對文學的熱情，考上東吳中文系，從此在文學裡得到福分，也因此痛苦受挫。從大學開始，我就努力投稿文學獎，每次寄完參賽的掛號郵件，都會拿到一張收據紙卡，那張紙就像樂透彩一樣，幾個月後會開獎，揭曉榜單。我捏著它，心裡有了盼望，但也可能只是我的奢望，變成廢紙了。

後來，我放棄過，把電腦舊稿全部刪除，不再想這件事，接受自己沒才華的事實。我像放逐一般，專心工作、專心生活，絕口不提寫作的事。可是，我始終放不下這件事，彷彿這輩子的命定，我必須對寫作有所交代，扔掉的筆一定要找回來，我終究得回來寫，非寫不可。終於，我寫完一本書了。

感謝一路上陪伴我的朋友，在我還不相信自己能寫時，就已經相信我；在我不再相信自己時，他們仍然相信我。

婷婷總編輯的賞識，於是有了這本書，她始終是我的女神。謝謝雅群、雅方協助，這本書才有美好的呈現。謝謝前輩、老師願意推薦這本書，他們的作品給過我滋養，讓我的文學茁壯。

謝謝曼娟老師，老師開墾出獨特的文學道路，我始終跟隨在後頭。

最後，感謝我的家人。親愛的 L，所有的故事，都是為你述說。

寫下回憶中溫暖的事、善意的人，是我的心願與報答。那些孤獨的時光，迷航在無人的海洋，我四周彌漫著黑霧般的迷惘，卻因為他們微小的善念，夜幕出現一閃一閃的微光，守護著我，如同北極星永恆的明亮。

# CONTENTS

## CHAPTER 3
## 西螺青春物語



## CHAPTER 4
## 出外人

# CHAPTER 1

## 親像紅花
## 落紅塵

# 印記

小時候，媽媽把我託給外婆；後來我媽死了，我離開花蓮。

外婆滿兇的，她的衣櫥上方放著一根塑膠枝條，每當我不乖，外婆就會抽我小腿。昏暗房間裡，只有一盞淒涼的燈，外婆捉住我的手，不讓我跑，另一隻手發狠猛抽，彷彿心裡各種不如意都翻出來打在我小腿上。我可憐的小腳痛得在原地跳舞，仍躲不過火辣的毒打，白皙的小腿留下紅色的細痕。

雖然有疼痛的記憶，我還是喜歡黏著外婆。也不知道為什麼？

那支令我害怕的枝條，在我媽媽過世後，就被外婆扔掉了。因為當時爸爸執意把我送回阿嬷家撫養，他們趁我睡覺時把我抱上車，等我醒來，人已經在橫貫公路上了。

自從被阿嬷撫養，外婆就失去對我的管教權，她不能再打我，否則她會變成「打別人的孫子」，打狗看主人，打孫也要看內嬷的臉色，從此外婆不再打我，全心全意寵溺我。

小時候有件事情稍稍困惑著我，等到長大以後回想，才驚覺這件事不可思議。那就是，我有兩個外公。他們關係不是前夫、現任，而是一位是我血親上的外公，另一位是我外婆的男朋友，講白一點，我外婆有「客兄」。

外婆跟外公、客兄三人同住一個屋簷下。只有聽說過一夫多妻，我外婆卻有辦法一妻多夫，讓兩個男人溫馴地待在她身邊。親戚、鄰居都知道這件事，大家也沒說什麼。外婆一樣跟大家往來，大家也喜歡外婆。

外婆跟男友睡二樓，外公獨自睡一樓。外公房間十分陰暗，是窩在樓梯夾角下的小房間，好像隱喻著他這個人，沉默，不被重視，有著心事。

外公有幾次撒嬌著要我陪他睡，但我老是覺得他房間有股臭味，而且沒有冷氣很熱，很無情地拒絕掉他。我想買玩具時才會想到黏外公，但他需要陪伴的時候，我卻跑得遠遠的。長大以後，我才從記憶裡回味出他是多麼寂寞的男人，在那個家沒有人陪他說話，他工作回家，一個人坐在客廳看《劉三講古》，不然就是坐在自己陰暗的房間裡。外婆沒有因為自己外遇，而失去人際往來；倒是外公，可能覺得男性面子掛不住，反而把自己藏起來。我想到我爸，曾經語重心長地說：「你外公人不錯，很客氣。但是他太軟弱了。」我當時太小，不曉得外公「軟弱」指的是什麼？只覺得很生氣，爸爸怎麼可以這樣說。現在才懂。

難得外孫回家，外公想要跟我多相處一點，卻被拒絕了。他該是多麼傷心。

無論有多麼傷外公的心，他對我們姊弟一直很癡情。

外公很少走上二樓，有幾次他上來，很客氣地站在房間門邊，問：「外婆呢？」一邊問，他的目光一邊探頭探腦的。外婆從浴室出來，問他有什麼事？外婆口氣很冰冷。外公好像很怕外婆。

〈雪中紅〉這首台語老歌原唱是誰呢？這是外婆最喜歡的歌，這首歌當年紅到不能再紅，像一陣大風吹遍大街小巷，每個人都會哼。就像那一年的背景音樂，只要再聽一次，那年的情景就會浮現眼前。

大人叼著黃長壽香菸聚在小房間裡，桌上攤開一張寫滿數字的報紙，他們用紅簽字筆在上面圈出好幾個數字。大人工作回家，聚在一起就是玩牌跟簽六合彩。如果坐在牌桌旁邊，大人有時會拿一張百元鈔給我，要我去對面雜貨店幫他們買香菸跟伯朗咖啡，剩下的找零就是我的零用錢。如果有贏家，更會大方抽出鈔票給我「呷紅」。

有個鄰居的女婿是警察，他回來時大家會七手八腳把撲克牌、六合彩收起來，等到下班一臉疲憊的警察女婿走了，大家又把東西擺出來。警察女婿都知道這些事情，其實也不會說什麼，但大家還是會給他一個面子。當時的人，性情很忠厚。

外婆也加入了這場遊戲，把儲蓄拿去簽六合彩。當時流行「觀明牌」，他們會包車前往某間深山靈廟「觀」香爐灰浮出的數字，小心翼翼抄回家簽牌；或者他們會相約去某間廟的香客大樓投宿一晚，隔天早上分享昨夜的夢境，他們相信神明會在夢中賜明牌，眾人七嘴八舌分析夢境出現的數字，把結果拿去包牌。最荒唐的一次，他們一起玩六合彩的朋友死了，他們捻香時，一群人圍著靈堂的香爐努力找出蛛絲馬跡，拜託仙去當神的亡者，看在情面上，助他們一臂之力。後來他們假借要瞻仰遺容，鑽進靈帳裡，蹲在地上「觀」腳尾飯的浮字。

因為六合彩，外婆發了一筆小財，有過優渥的日子。每天睡到中午才醒，喝一杯牛奶墊肚，才懶懶坐在梳妝台前化妝。快七十歲的歐巴桑，化妝一點不馬虎，粉底、腮紅、口紅，畫得嚴嚴整整，容光煥發。然後也為我穿上漂亮的衣服，招一輛計程車往熱鬧的花蓮市區吃日本料理。

外婆總是點華麗的車輪花壽司給我，她自己吃一份生魚片，我們坐在安靜的吧檯邊享用餐點。料理師傅空閒時會過來用日語跟外婆聊天，外婆輕輕笑著，講著我聽不懂的日語，外婆那個樣子好迷人。師傅拿出藏在櫃台後面的啤酒，豪情地舉向外婆，外婆笑吟吟舉起小盞清酒盅，回敬於他。外婆只讓我喝果汁，她有時候興致好，也會邀我：「跟阿嬤乾杯。」輕輕敲擊我的玻璃杯，發出哐啷哐啷清涼聲響。

我眼中美麗的外婆，維持著表面的優雅，但她心裡不快樂。自從我媽媽過世後，她一直沉浸在過去的時光裡。她靠著藥物，讓自己的神智活在過去。描得黑黑的眼線，藏著一雙失神的眼睛。她每天強打著精神出門一趟，剩下的時間，她都窩在自己的房間。外婆習慣在西藥房買感冒藥液，一買就是一打，沒幾天就喝光。裝在細長褐瓶裡的藥液，喝起來像是碳酸飲料，甜甜的，像維他露Ｐ。外婆說喝這個可以提神，但我想她是上癮了。

外婆房間掛著一幅媽媽的黑白遺照，外婆每天守在遺照下面，與遺照的黑白臉孔相對，她的心事只有她自己知道。我很難忘記，媽媽出殯那天，阿姨先帶我回外婆家，外婆坐在昏暗的房間，一群女眷圍著嚎啕大哭的她，她整個人像是冰塊一樣融掉。阿姨要我上前勸外婆不要再哭，但我怕得用指甲抓著門框，不敢過去。阿姨見我害怕，輕嘆口氣，抱起我下樓。後來幾年，我們其他人都淡忘這件往事，只有外婆沒有離開過房間，依然坐在那裡，遺照裡媽媽黑色的目光，注視著她。

外婆家有一座大露臺，面對廣闊的太平洋，夏天晚上我們會在露臺點蚊香、吃水果乘涼。我喜歡站在露台看海，晴天時海是藍色的，下大雨時海是淺灰色的，到了夜晚，海是黑色。我們乘涼時，外婆唸了不少媽媽年輕時的舊事，她還問我，在學校會不會被同學欺負，嘲笑我沒有媽媽？

其實根本沒發生過這樣的事，但是我天生喜歡諂媚，喜歡順著別人的話，我跟外婆說：「有啊，他們會笑我。」外婆聽了不再說話，害我有點尷尬，擔心自己說錯話。

「阿嬤教你，」外婆說：「以後如果有人笑你，你就這樣，」她伸出一顆大拳頭，往空中狠狠揮下去，「你就揍他！他就不敢了！知不知道！」我目瞪口呆。回想起來，外婆還真不是溫馴的婦女，居然會相信拳頭暴力可以解決事情。

當時我正在發育，外婆說要幫我記錄身高，她叫我站在露臺的牆邊，要幫我留下紀錄，但是找不到畫記的筆，調皮的外婆就用嘴唇上的口紅。她親了牆一下。後來幾年，每次回去，外婆不忘幫我量身高，而且每次都用口紅印當記號。那面牆留下了她的唇印。

後來幾年，六合彩讓外婆賠得精光，厄運接連而來，她中風了，躺在床上快半年才能下床活動，她的憂鬱症更嚴重了。外公說，他在外婆房間發現一捆童軍繩，他感到不祥，拿去扔掉。後來外婆又買一捆，趁清明節全家人去掃墓，她藉病留在家休息，等到所有人出門後，她帶著那捆繩子出門。

據說鄰居在路上有遇到她，問她要去哪裡？外婆停下腳步，與鄰居寒暄一陣。那個老鄰居說外婆當時臉在笑，可是眼睛失神失神，她是外婆最後說話的人。

傍晚，他們終於在小樹林找到外婆，外婆在樹上，一陣風吹來，把她的身體吹得搖搖晃晃。那天是清明節，是國小放春假的第一天，是四月一號愚人節。我接到這個噩耗，震驚得說不出話，以為是愚人節笑話。

回外婆家，他們要我在帳棚外就跪下來，一路爬進去。外公站在家裡，把我扶起來。客廳搭著黃色的靈帳，佛號聲混著冰櫃的馬達聲音，阿姨說，外婆很平靜。我想說不是自殺嗎？但我也只能跟著點頭：「很平靜。」大家一起說謊，讓我們集體掩蓋最悲傷的部分。

外婆的朋友們來捻香，圍著她的香爐，還在期待會不會浮出數字。

兩個外公一起守在靈堂前。一個負責處理雜務，一個負責接待親友。我問外婆的男友，以後還會在嗎？他淡然一笑，說他以後不住這裡了，他要回家。我才知道原來他有自己的家庭妻小。

我步上樓梯，走進外婆二樓房間。躺在她的床上，媽媽的遺照已經被撤掉了。她們揣測，外婆自殺，該不會就是我媽的亡魂把外婆牽走了吧？她們將媽媽的遺照燒掉，化成灰燼揚入風中。

外婆的枕頭還有她的氣味，我躺在那裡，仰望黑暗的天花板，忽然想起外婆愛唱的〈雪中紅〉，不禁輕輕哼起來。親像紅花落紅塵。外婆就像一朵跌落的紅花，在滾滾紅塵找不到自己活下去的方向。

黑暗的視線，我眼前浮現穿著美麗衣裳的外婆，還坐在梳妝台前化妝；我聽見哀號聲，她揚起枝條抽打年幼的我，我聲淚俱下跳著腳；想起她目光發狠教我用拳頭揍別人的表情。她的美麗底下藏著強勢的魂魄，她不畏人們閒話，擁有兩個丈夫。想到最後一段期間，中風失去活動能力，只能由人照顧，任人擺布，她心裡一定覺得活著沒什麼滋味吧。

她是否認為，與其無趣地消耗晚年，還不如自己主宰生死命運？她究竟是向命運低頭，或者，她不想讓命運得逞？

我站在面對太平洋的露臺，望著不遠處黑色的海洋，滿腹心事的海浪，湧起又退後，欲說還休，終究回歸沉默。

露臺的白牆，外婆的口紅印還留在那裡。我蹲下來看了好久，用手輕輕撫摸，最後把額頭貼在牆壁上。那是我們來不及的告別，彷彿外婆將親吻，停在我額頭上。

本文榮獲２０２１打狗鳳邑文學獎佳作

# 洋樓

那是一棟三層樓高的小洋樓，前有庭院，四周環繞黑色石牆。

推開鑄鐵沉重的大門，可以走進草皮修剪得精緻的小庭院，沿著圍牆邊緣，植有一排花圃，十分美觀。草皮中央有座木造的小狗屋，只是狗屋空蕩蕩的，也許傭人牽出去散步吧？草皮右側停著一輛車，款式老派，司機就坐在駕駛座上，戴著像是老派警察的扁帽，扶著方向盤，等候主人隨時通知，是忠厚老實不會打混摸魚的司機。

可以住在這幢洋樓的人，身分非富即貴吧，本來以為這裡一定門禁森嚴，結果並沒有，大剌剌地敞開大門，路過的人都能看得一清二楚。一樓客廳挑高，中軸線風水最好的地方，擺著常見的神明桌，彩繪精緻的觀音彩貼在牆壁上。

請容我囉嗦地繼續描述屋裡的景況，畢竟這樣的大宅，普通人是不容易一窺其堂奧。客廳左邊是牛皮沙發與茶几、右邊一台電視黏在牆壁上。我沒有擅自闖入，只讓目光逡巡裡頭的格局擺設。沿著客廳往右走，透過窗花，我看到裡面有大灶、飯桌、綠色的冰箱黏在牆壁上，還有一位穿著鳳仙裝的女子黏在牆壁上，她想必是廚娘吧。我怕被她發現，於是我往回走。客廳右側的空間，似乎是傭人房，幾張簡陋的床、衣櫥並排在一起，不像是主人房間。主人住哪裡呢？或許主人起居的地方在二樓或三樓吧？

我站在草坪往上仰望，只看到陽臺，以及視角能夠看見的，古典款式龍紋天花板，以及一盞輝煌閃耀的奧地利水晶吊燈，然後我就看不到其他的了。

這是我媽的房子，我們幫她買的，我爸挑著眉毛喜孜孜告訴我，房子權狀還是登記在我的名下。他拿出一張黃紙，末端簽名處果真用小楷寫著「孝子〇〇〇」，還有我的手指紅印。我心裡吃了一驚，我並沒有蓋手印的印象，難道他們是趁我睡著時，抓我的手蓋上去的？

我把權狀從頭讀起，第一行寫「幽冥地府……」，保證人竟然是「地藏王菩薩」。

我媽宣告不治之後，我們的生活就被徹底打亂，只有睡覺時才回到原來的家，白日時間都待在一座白色禮堂。吃飯也是在禮堂吃，會有人固定買便當來，來來去去一堆不認識的人，都是我爸的朋友，來幫忙喪禮的雜事；有時會結伴而來一群年輕阿姨，來了就哭成一團，我也不認識她們，她們是我媽在醫院的護士同事。

在禮堂，我發現大人忽略我時，我就會吵著要上廁所，就會有人牽我到後面的廁所。廁所離停棺的地方很近，所以我會怕。說起來很不孝，棺木裡躺的是我最親近的媽媽，但我就是會怕。難道我潛意識認為，媽媽死掉以後就不是我媽媽，她會變成鬼？我怕鬼！

我坐在馬桶上，要大人守在廁所門口等我，因為害怕，還不時喊著他們確定在不在，大人也被我弄得很煩。

小洋樓就在某個下午被搬進白色禮堂，立刻吸引我的目光。細竹為骨，花紙糊成。我眼睛發出貪玩的閃閃賊光，我隱隱發狂的模樣被大人瞧見了，他們怒臉警告我，絕對不能用手指戳破房子。於是我每次靠近紙屋，為了避嫌，都把手背在身後。

如果腦袋內建一台播放器，可以隨時裝上一段回憶播放成電影，「媽媽的喪禮七天」這盤回憶膠捲其實損壞得很嚴重，中間好多地方出現雜訊、錯亂跳動，甚至膠捲蟲蛀受潮以至於畫面一片漆黑。是忘記了，還是太悲傷所以「斷片」了？落失的情節，我純粹是忘記了，畢竟我當時才三歲，我與媽媽還來不及產生親密感情，我沒有悲傷的情緒，我看著喪禮上的一切，沒有落下一滴眼淚。不像大我四歲的姊姊、我外婆、我爸，哭得很慘，而且從此帶著一輩子的陰影活下去。我和媽媽還來不及產生情感記憶，於是我逃過傷害的一劫，但我也從此變成疏離的人，總是跟所有人情感疏離。

記憶如蒙太奇，喪禮前後的畫面，有時會跳來跳去。現在畫面又跳回到媽媽斷氣的當日。那天，外公突然出現在保母家門口，要接我回去。他跨上機車，要我站上機車踏板，機車沿著一條大排水溝往前騎，天空陰陰的，水溝飄出潮味，彷彿快要下雨。結果頭上果真落下水滴，抬頭一看，外公在掉眼淚。

我被牽進一個房間，親戚都在，看到我進來，都給我隆重的注目禮，彷彿我是萬眾期待的主角。他們確實在等我來，等我來進行告別的儀式。他們嘴角勉強為我撐起微笑，眼睛卻是悲戚，真是奇怪的表情。我被牽到一張床旁邊，白色厚棉被鋪蓋在上面。我爸說：「你要看媽媽嗎？」也沒有等我回答，我爸的雙手扶著棉被的兩角輕輕往下揭，露出我媽沉睡的臉。「媽媽在睡覺。」他說。

某天早上，我先被帶去外婆家。幽暗的房間，窗戶穿透一道金色的光，光線中塵埃飛揚，像水族箱裡不斷滾動的氣泡。光線如一道聚光燈落在外婆身上，外婆在啜泣，鼻涕的聲音濕濕地糊在我的耳膜上，阿姨、女性親戚圍著外婆柔聲安慰，她們把我推進去，要我安慰外婆，我不曉得該說什麼，或許我被這不尋常的氣氛嚇到了吧，我緊閉著嘴，害怕地瞪著摀臉痛哭的外婆。

原來那天是出殯的日子。禮堂特別熱鬧。兩排的花籃，都是爸爸的結拜兄弟們贊助的，還有兩座高大的罐頭塔，我覬覦著黑松沙士和仙草蜜。禮堂裡坐滿了人，還有源源不絕的賓客從門口湧進來，我爸忙著招呼他們，把我跟姊姊託給姑姑照顧。一陣吵雜聲中，兩排穿著英挺制服、戴著流蘇高帽的西樂隊，吹著喇叭、敲著大鼓闖進來了，步伐整齊得像娃娃兵一樣踏步，直到遺照花牆面前就停下來，嘈雜樂聲混著喧鬧人聲，整座禮堂亂得像市場。

等到終於奏完樂曲，忽然有個陌生女子穿著全身白衣在門口大叫一聲，便跪了下來，一路哭喊爬進來，哀嚎淒厲異常，我想說她是誰？怎麼沒看過這個人？哭著、喊著，哀爸叫母，從大門一路爬進來，大家紛紛讓出一條路讓她爬，她爬到我們身邊，忽然，一隻手骨扯住我們姊弟倆，嚇了我好大一跳。我還搞不清楚狀況，姑姑輕聲鼓勵我們隨她一塊去，於是我和姊姊跟在她身後一起爬行。我一邊爬，一邊好奇地伸頭東張西望，模樣很像長頸鹿，大家都在看我，於是我很開心，還笑了出來，姑姑把我頭壓下去，叫我不可以這麼做。姊姊比我敏感，已經哭得雙眼紅腫，我們跟著陌生的白衣女一路爬到簾子後面，看著她在棺木周圍爬了好幾圈，哭得幾乎暈過去。後來我才知道，她是孝女白瓊。

我們坐上車，天氣好熱，炙熱的陽光曝曬著黏在靈車外面的黃色塑膠花，飄著污穢的臭味。這台靈車長得很像一隻黃色的貓，路邊棄養、毛色很髒的那種。我問姑姑：「我們要去哪裡？」她面無表情地說：「我們要去極樂世界。」

我們都不知道命運會在什麼時候忽然轉彎，坐在貓公車上的我，只當成那天是一趟出遊。不曉得從極樂世界回來以後，我的人生就要轉彎了。我變成單親家庭，往後我的生活將遭遇許多波浪，雖然不至於溺斃，但我將茫然地漂流在大海上，以為自己再也上不了幸福的岸。

有一段時間，我以為我和媽媽沒有多深的感情羈絆，所以她的過世對我來說應該沒差，我沒有悲傷。但後來，我發現她的過世是一張倒下的骨牌，推倒了我往後的所有骨牌，嘩啦嘩啦改變所有的事。

我的敏感多慮，可能是源於我長年流轉寄住在不同親戚家，必須學會察言觀色而養成細膩灰暗的心思，但「寄人籬下」這件事再往上推，不就是因為我媽過世所推倒的改變嗎？我外婆晚年的陰影與憂鬱，也是從這天開始蔓延的。我爸後來娶了新媽媽、而我離家出走，不也是因為媽媽過世嗎？我人生的欠缺，是因為媽媽過世；我人生後來遇到的柔軟與善意，也是因為媽媽過世，所以獲得別人特別疼惜與關照。她過世改變很多事，我的人生起點就從這裡開始。

正午豔陽，我們下車擠進一間燠熱的破屋子，棺木也被抬下來安置在一個方檯上，道士手上刺耳的鈴鐺聲像尖刀戳破我的耳膜，大人不斷喊著要我趕快跪下。時辰到，有人要我喊：「媽媽！火來了！」棺木就動了起來，被送入那口紅融融的洞裡，藍色的電動鐵捲門一節一節關閉下來。我心臟莫名其妙地抽了一下，我不懂得這就是告別，我只模糊感覺到，那扇門降下以後，我就會失去很重要的事情。

幾個小時後，等我再見到媽媽時，她變成白色的餅乾和餅乾屑屑。黑衣大哥用筷子撿起幾片扁扁的碎骨，據說是頭蓋骨，剩下的就用軟毛刷掃成一堆。又拿了一根磁鐵在餅乾裡攪來攪去，居然吸出一大堆小鐵釘，像蒼蠅黏在磁鐵上面。他們把餅乾媽媽裝進玉石罐，又拿了一根木棍，奮力往玉石罐搗了好幾下，粉碎的聲音，本來快滿出來的白色餅乾，才降了下去。爸爸抱著我，讓我拾起先前撿的幾片頭蓋骨，輕輕放在最上面。封蓋，在封口處緊緊纏好幾圈膠帶，我爸說，要帶媽媽回家了。

那天晚上，我們辦了營火晚會。庫錢、蓮花、媽媽的衣服、招魂竹幡堆成一座小山，還有那棟白色洋樓，放一把火，在夜空下靜靜地燒化。火焰很旺，火舌像四竄的眼鏡蛇試圖逃脫出來，但火堆核心彷彿有一股力量控制住牠們，讓牠們逐漸往內縮，最後把牠們吃掉。我抱著媽媽的黑白遺照，遠遠站在一旁。火舌爬上白色洋樓，蔓延吞噬。大火不時噴出橘色火星，飛揚在晚風中。

之後，我花了好幾年時間想像我媽的生活，當我覺得委屈，我就會想像搬去跟她住。洋樓內部細節的破碎記憶、融混自八點檔連續劇看來的古代大戶人家作息，虛構我媽的生活：溫暖的陽光輕覆白色洋樓，門庭外一名穿著鳳仙裝的女人，提著一支水壺澆灑花圃；忠實的老伯爬上椅子擦拭高窗玻璃；帥帥的僕童在門後與另一名小丫鬟調情；二樓主臥的大床上，美麗的女主人剛醒轉，幹練的貼身丫鬟立刻端著茶盞前來伺候……

# 阿嬤的房間

阿公過世後，阿嬤就搬來和我們一起住。失去阿公、失去相伴一輩子的伴侶，她失去全世界。

雖然我們都是她的家人，常常撒嬌、諂媚、討好她，卻無法分享她的內心世界。

小時候我和阿公阿嬤一起住，他們感情很好，早上四五點，我還在睡，他們會鎖上大門，夫妻倆自個兒去散步，回來時我剛好醒來，桌上有一份剛買回來的熱早餐。忙完一天家務，他們坐在電視機前休息，一句兩句地講著內心話，關於人情世故、鎮上的應酬陪對、三個兒女的家庭狀況……那些閉門談話時刻，雖然我在場，又彷彿不存在，他們當作我聽不懂。從他們不尋常的說話語調，我大概知道他們在講秘密，好奇豎起耳朵，彷彿聽故事那樣，從語氣的抑揚頓挫、義憤填膺，我訝異白日平靜生活底下，原來有那麼多暗潮洶湧。羨慕與嫉妒可以同時發生，不屑與在乎其實是交織在一起。越是看不順眼的事情，越是會多看幾眼，越看越恨，但其實都包藏著自己的羨慕渴望。

原來平常阿嬤笑言以對的那個人，阿嬤在內心是這麼憎恨她，覺得那個人事事在炫耀，大家何必都要迎合誇獎那個人？阿嬤嗤之以鼻。有時講外人外事，有時則討論家內的三個兒女，我爸我伯父我姑姑，我聽久了，發現阿嬤對三個小孩真的有偏心，雖然阿嬤向阿公辯稱，三個小孩都是自己的，怎麼可能偏心呢？但阿嬤會袒護、特別幫某個小孩說話，這些分明都是偏心的表現。阿公有時候警醒地說：「囝仔在這裡，不要講了。」阿嬤會說：「囝仔人聽無啦。」一轉過頭來看我。我明知道她在看我，我也要假裝沒察覺，神情鎮定繼續玩著手邊的玩具。因為我要聽更多秘密。我要藏得比秘密還要深。我從小就是心思很多的小孩。

這些只與丈夫商量的心裡話，阿公過世以後，阿嬤從此失語沉默。阿公過世後，阿嬤就失去她的家，從一個家的女主人退位，放下權柄與責任，和我們住在一起，變成我們尊崇的阿嬤，她沒有實權，只需要接受崇敬，她變成一名寄居者。

以前的阿嬤事必躬親，喜歡勞動，喜歡決定家裡每項細節，萬事順著自己的心，萬物都擺在自己喜歡的位置，我們去阿嬤家，就像進入阿嬤的國土，必須臣服阿嬤的規則。現在她搬進兒子家後，她不再需要打理家務，所有家事轉由媳婦負責，阿嬤只要坐在沙發上當婆婆就好。偏偏阿嬤是主觀意識很強的人，不是她決定的事，她就會想挑剔。但她又明白分寸，知道這個家的女主人不是她，再不順眼也不可整天嘮叨、當討人厭的老太婆，她會假裝沒看見、隱藏心裡的挑剔。我們都認識阿嬤這麼久了，從她眼神表情，都會看出她不滿意。但為了維持家的和諧，我們也不會戳破，大家才能相安無事。

後來演變成，她劃分了一塊界線，在她房門口的一坪不到的小空地，擺了兩座五斗櫃。房間被樓梯、五斗櫃擋住，像一間躲起來的房間。圈地為王，那塊國土就由阿嬤全權打理，塞滿她的私人物品，那些東西只有她能動，櫃子裡的剪刀、衛生紙、垃圾袋、鉗子、螺絲起子、保鮮膜都不准我們借用。有次我姊天真地拿了剪刀救急，後來阿嬤找不到剪刀，才在客廳的一角看到，唸了好久好久，說我們亂動她的東西。那些私人物品，像阿嬤的自尊心。她已經失去一個家的權勢，她不能再失去這些自尊心。她打造了一個家中之家，在廁所樓梯口旁邊，小堡壘似的「阿嬤家」，獨立的國土，度過她的晚年。

阿嬤獨自的睡房，隔著一道薄牆就是廚房，傍晚在她的房間會聞到炒菜油膩的蒜香、或醬油滾煮甜濃的香味，尤其煎魚時，風勢關係，魚的油腥味會侵入她的房間。阿嬤皺眉不語，眼角流露不悅，趕緊把對外窗戶關起來，免得一整晚都得浸在魚臭裡。晚餐時她就不吃那條煎魚了，彷彿在賭氣。

阿嬤房間旁邊就是一樓的廁所，也是她洗澡的地方，有點像她專屬的浴室，我們平常也可以使用，若是客人來家裡，當然也借用她那間廁所。我們知道使用規則，但客人並不知道，有潔癖的阿嬤總是在客人走之後，生悶氣打掃她的浴室，抹除外來者的氣味與痕跡。

她的房間可說應有盡有，電視、冰箱、兩座衣櫥、雙人床，還有一支小電鍋，角落還堆著好幾支收納箱，囤藏她的往事。她和我們住在一起，但她待在房間時又像獨居老人。阿嬤終日看電視打發時間，聽不懂國語，她除了看八點檔、台語新聞、唱歌節目，其餘國語發音的節目她一概看不懂。我其實很懷疑台語新聞阿嬤能看懂多少？以前阿嬤會跟著阿公一起看，都需要由阿公幫忙詮釋那些新聞畫面，才能讓阿嬤吸收。阿公不在了，阿嬤只是習慣性地收看新聞，不讓自己與社會脫節。她常常望著新聞發呆，茫然地望著，陷在自己的思緒裡。

後來阿嬤迷上收看國家地理頻道。第一次被我發現時，阿嬤很害羞，拿著遙控器說，這個好好看喔。她著迷觀賞矯捷的花豹狩獵、老虎打瞌睡，看大象喝水。不需要語言，只有畫面，這些不需要語言溝通的野生動物，成了阿嬤的陪伴。

阿嬤房間有一口小電鍋，放在電視櫃上，阿嬤偶爾會用它煮點私房菜，多半是藥膳燉湯，像燉洋參豬心、當歸羊肉之類的，弄好這些補湯，她自己吃一點，大部分都是要給我們孫輩吃的，表示她這個阿嬤還有能力疼孫，這是她愛的表現。但有時候阿嬤就真的在用它煮白米飯，再配一些她從市場買回來的鵝肉切盤、熟食，配上她用電鍋燙的青菜，在自己的房間裡開伙。

阿嬤不出來吃飯的晚餐，我們多少有點不自在，輪番探頭進去，要阿嬤出來吃，「外面的菜比較多，出來配點青菜啊！」每個人都進去請阿嬤，阿嬤在裡面一邊看電視一邊大快朵頤，沒有要出來圍爐的意思。阿嬤這麼做，感覺是不給媳婦面子。伯父臉色有點難看，有點責備伯母的意思。但其實伯母（和我們）那幾天也沒得罪阿嬤，純粹是阿嬤自己興致來了高興這麼做。伯父最後端著一盤削好的水梨，進去陪阿嬤聊天，這件事才落幕。阿嬤就像我們的心臟，她偶爾多跳兩下，我們就會跟著窮緊張。

過了幾天我們再討論起這件事，伯母倒看得開：「阿嬤這樣也很好，偶爾弄點自己喜歡吃的東西。」為這件事下了結論。又要過了好多好多年，等我也有一個家，也開始煮飯，成了一家掌廚的人，我才明白箇中滋味。煮飯的人，有自己的口味，只有吃自己煮的東西才會滿意，吃別人煮的，都是溫飽而已。阿嬤煮了一輩子的菜，有自己強悍的味覺標準，晚年她失去廚房的主掌權，吃飯只求溫飽。她偶爾需要煮菜給自己吃，過一下煮菜的癮。

有時覺得阿嬤像囤食物的松鼠，一直在存食物，隨時準備過冬。姑姑進獻的日本巨無霸大水梨、比拳頭還大顆的日本蘋果，阿嬤都存在她房間的小冰箱，等我們這些孫子回家才會切來吃。阿嬤常常鼓吹我們去她冰箱拿食物，無限量地拿，無限量地吃，就只有一條禁令：不能拿出去客廳吃，只能在她房間裡吃。

有一次過年，我從台北南門市場提回一袋億長御坊的熟食回去，淨買南部少見的菜色：蔥烤鯽魚、蜜汁糯米蓮藕、東坡肉、雪菜百頁……打算為年夜飯增添新的風味。搭乘長途客運回到家，接近午夜。阿嬤聽到拉門聲，從淺眠中醒來，終於等到我回來，臉上很高興。我把鼓鼓一袋熟食遞給她，說這些都是台北有名的菜。阿嬤轉身，就把整包菜全部拿進她房間，收進她的小冰箱裡。我看著這一幕，眼睛瞪得老大，在內心深處大喊：「這些要當年夜菜的啦！妳怎麼全部拿進房間?!」但我保持不動聲色，內心尷尬，輕聲向阿嬤道晚安。隔天圍爐時，我當然沒有看到那些菜。一直到我回台北，那些菜還是沒有拿出來吃。後來才聽說，阿嬤過完年陸續一點一點拿出來，像分派有限物資那樣，分享難得的美食給家人吃。但家人轉述，吃到嘴裡，都生了酸壞的氣味。

在外工作的兩個姊姊，每次放假回家都喜歡跑進阿嬤的房間睡，和阿嬤擠在同一張床上，彷彿睡在那張床上滋味特別甜，常常睡到中午才醒來。她們掀開門簾從阿嬤房間走出來，脂粉未施的清水臉蛋，精神飽滿，好像回到小女孩時期。她們其實晚上都聊天聊得很晚，我下來喝水時，都會聽見細碎的話語，阿嬤房間熱鬧的晚上，輕輕柔柔的說話聲，從白月光的門簾腳下，流洩出來。

阿嬤的房間為求通風，她總是敞開房門，只落下一道布門簾當作遮蔽。她隨時歡迎我們進去陪她聊天。但那間房間對我來說，卻像鎖著重重的秘密，她坐在裡面，任由傍晚的光影逐漸吃掉她房間的光線，吃掉她的形體。

深夜，我下樓喝水，端著水杯要回房間時，聽到阿嬤房間飄出小聲的、輕柔的江蕙歌聲，我就知道這又是阿嬤無眠的夜晚。我停下腳步，在樓梯坐下，靠著欄杆，靜靜陪她一起聽一曲台語歌。我不打擾她，她也不曉得我坐在外面。

小鎮的夜晚如此寧靜，安睡的鼾呼像夢的氣泡，一串一串，從每一張床飄起來，吹出窗口，街道飛著一顆一顆彩色泡泡，月光如此明亮，看顧著所有人的安眠。而在這個角落，還有兩個沒有睡的人，還在聽一首傷感思念的台語歌。我坐在樓梯上，低低地呼吸，躺在床上輾轉難眠的阿嬤，在想什麼呢？我從來不過問。

# 現在我向妳許願了

不曉得從什麼時候開始，舉起香拜拜，我就開始叨唸一家大小的名字，從阿嬤開始一串唸下來，直到唸到男友的名字，我發現心裡掛念的人還真多。

我媽過世很早，是阿嬤一口一口把我餵養長大；等到我長大了，換她需要被餵食，外籍看護每天端著一個碗，一小口一小口把米飯餵進她的嘴裡，雖然阿嬤吃飯時很乖，不像我小時候邊吃邊玩，但她吃一頓飯也要花上好久的時間。身體衰了，吃喝都成了艱難。

萎弱在輪椅上的身體，我不會忘記，她曾是強悍的女性。十年前她做了身體檢查，發現體內居然同時存在四顆腫瘤，如此險惡，我們都覺得她會離開。

手術一場接一場，她居然撐過劫難，連醫生都讚嘆：「意志力真強。」戰勝了腫瘤，身體卻大傷，她的目光不再似從前精神閃爍。

她是一個害羞的阿嬤。我說她是阿嬤界的宋慧喬，還用手機刷網路照片給她看，她邊笑邊罵：「差那麼多，不要笑我！」我問她年輕時，是不是也這麼漂亮，也有巴掌臉？她反問我什麼是巴掌臉？我說就是臉很小啦，說著便舉起左手摀住她的臉，「阿嬤差一點點而已」，她拿開我的手，露出春花燦笑。

喜歡跟孫子玩，沒禁沒忌的，被誇獎漂亮就會害羞的阿嬤；談起過世的阿公，就會罵人的阿嬤，她曾經提起：「你阿公很無情，離開這麼久了，也沒有來託過夢。」阿公過世時，阿嬤一滴眼淚也沒有掉。我還記得當天早上她還用電鍋煮了一鍋飯，等救護車回來，阿嬤抱著棉被站在一旁，靜靜看著醫護人員抽走阿公的呼吸器，看準手錶，宣布死亡時間，阿嬤才走上來將棉被打開蓋在他身上，那是阿公熟悉的貼身物。阿嬤自電鍋盛出一碗熱飯，供在阿公的身邊，我恍然大悟那鍋飯的用意，阿嬤如此靜定，為丈夫打理身後一切。

阿公離開後，她變得好寂寞。即便子孫滿堂，圍繞她身邊，也無法觸及她的內心。每天早上她一個人出門散步，走的是以前的路線，也許一步一步都是想念。

和男友交往十幾年，瞞著家人在外面過著低調卻滿足的生活。我想帶他回去看看阿嬤，哪怕用偽裝的身分，我的朋友或同事，帶他回家一趟，讓阿嬤親眼看到他，起碼知道有這樣一個人，「對我很照顧的」，我會用誠實又狡猾的說詞，用迂迴的方式向阿嬤出櫃，這將是我生命的一場重要會面。心裡偷偷期待著，當然這樣的期待也是有點虛榮的。朋友勸我不要做傻事，假設事情沒有想像中圓滿，掀起驚駭與爭辯，「你阿嬤可能承受不住」，對她恐怕雪上加霜。

有那麼幾次，我帶男友回家了。車子從西螺大橋開下來，直直走就是鎮上最熱鬧的街道，然後車子轉彎、再轉彎，就是老家的路口，我心跳撲通撲通跳好快，隔著車窗黑玻璃，我靜靜看著這棟大宅。「這是我家。」我像是解說員一樣，從房子的建造、屋子裡頭的格局布置，還有住在裡面的人、所有故事，都向男友描述了一遍。

正當我說得口沫橫飛，我看到看護推著阿嬤的輪椅，從遠遠的地方回來，輪椅把手掛著一袋水果，估計是逛完菜市場回來吧，她們由遠而近，緩緩走向我們。阿嬤戴著她最愛的帽子，從前她跟阿公散步都會戴的帽子，她安靜地望著前方，我甚至錯覺跟她對上眼了。「那是我阿嬤。」我不曉得為什麼，是做錯了什麼事，回家竟然要遮遮掩掩的，像個通緝犯。我多麼想直接走下車，帶著男友，跟阿嬤說：「阿嬤我們回來了！」但不行，我只能坐在車上，看著她們把大門關起來。

偷偷回來小鎮好幾次，我沒辦法回家，我只能去媽祖廟。跪在神的面前，溫暖的陽光從天井灑落，照暖了我的身體。我跪在光明裡，但我的人生為什麼要這麼隱晦呢？

後來阿嬤都必須定期洗腎，有一次我不得不回家辦理兵役的事情，然後跟我爸去醫院接洗腎的阿嬤回家，我喚她名字，她坐在診間裡垂著頭，聽到我的聲音，枯燥的目光忽然晶亮驚喜，急急穿起毛衣。回家車程上，陽光包圍住她的毛衣暖著她，我問：「阿嬤，妳不會熱嗎？」雖然跟阿嬤很親，但我們之間卻缺乏話題，總圍繞著吃喝穿睡。阿嬤總說，如果賺了錢，就要吃飽穿暖，然後剩下的錢就全部存起來，她的價值觀是如此簡單。我自知做不到，我還有太多太多奢望。奢望帶男友回家一趟，奢望家人會喜歡我的男友。

這樣的奢望，沒想到後來真的實現。

大伯、伯母還有姊姊來台北，我帶著男友去見他們，並且邀他們來家裡坐坐。起初伯母並沒有看穿，她還喜孜孜地說：「你們兩個長得好像噢。」很高興她這麼說，但我發現姊姊沒有說話。才剛到家，伯母就說要看我的房間，我打開房間門，她見到裡頭是雙人床，她回過頭問我：「你們兩個睡一起？」

我就出櫃了。我笑笑地點頭，她的表情有那麼一瞬間悲戚了一下，說：「你是同性戀噢？」我說對，這段感情十幾年了。伯母聽了便安心下來。姊姊探頭進來，詫異地問，「你出櫃了？」原來姊姊早就知道了，只是她一直忍著沒說，要等我自己開口。

不過伯母那一瞬間的悲戚，表情「苦」了一下，還真是經典，讓我無法忘懷。大概是心疼吧，「你不生小孩囉？」她問。我選擇走另一條路，她還有很多擔憂。帶她看了房子每一個房間，她這裡摸摸、那裡打開瞧瞧的，巡視每一處細節，她笑說：「你在外面有這麼舒服的家。」這才放心。

我再一次來到神的面前，願望好像漸漸實現，我拿起紅色彎月的擲筊，問著接下來的腳程應該走快一點、抑或放慢一些？擲筊清脆觸地的聲音，響遍整座靜謐的神殿。阿嬤身體越來越弱，好幾次進出醫院，都是難關手術。她進手術房時，我們心情低落了；她搭救護車回家時，我們都為她歡呼。死裡逃生的僥倖，讓人百感交集，我們瞞著阿嬤，偷偷在心裡作好準備。那陣子在神的面前，我祈求的，並不是遠大的身體強健、長命百歲，那些都離阿嬤太遠了，只希望她可以心情寬舒、無痛無驚地享受晚年的日子。

這一天終究是到來了。

抵達老家時，裡裡外外布置了粉紅色的布幔。我終於帶著男友站在阿嬤的照片前面，讓阿嬤見到他。想說的、以前不敢說的，現在都笑著對阿嬤說了，這個人很照顧我，我們過得很好，請妳不要煩惱了，希望妳也會呷意。我們感情會順利嗎？阿嬤，現在換我向妳許願了。

再次跪在神的面前，稟報這一切。阿嬤圓滿地離開、男友順利跟我回家，悲欣交集的情節，又彷彿冥冥中早就注定好的。我按照過往拜拜的習慣，自長到幼，報出家人的名字，祈求安康。我才開口，喉頭就哽住了。以前習慣把阿嬤的名字唸在前面，現在人事不同了，阿嬤離開這世界，不再需要為她祈求人世的福氣。我不需要唸她的名字。她不在了。

本文刊於《聯合報・副刊》

# 阿嬤的菜

我最後一次搭長途客運回小鎮，是為了參加阿嬤的喪禮。台北國光客運站早就搬遷多年，全部集中在京站樓上的轉運站，但我太久沒回家，這條變遷的回家路線讓我忐忑不安。

我提前半小時到轉運站，找售票處、反覆確認去幾樓搭車，站在剪票口緊張兮兮東張西望，每來一台車，我就捏著車票上前詢問，等到終於坐上車我才鬆一口氣。台灣說起來不算大，搭高鐵更方便，但我回老家還是習慣搭長途客運，把整趟返鄉旅程拉慢、拉長，車窗外的風景一幕一幕慢慢過去，我也慢慢回味。

客運駛上高速公路時，窗外天就黑了，遠遠的，看到光海一般的台北市，慢慢拋向後頭。我整個人沉在座位上，此刻光線不好，不適合拿書出來，我又有點精神激動所以睡不著，聽著耳機裡的音樂，想著阿嬤以前的模樣。想著想著，我忽然懷念起阿嬤的菜，從來沒有想過把她的菜記下來，此刻不記，以後恐怕就淡忘了。

我拿出手機，把第一時間想到的菜速記下來，羅列出來的菜色：滷豬腳、蕃茄炒蛋、紅燒魚、麻油茴香煎蛋、九層塔炒海茸……寫著寫著，心裡著急，我記憶裡阿嬤的菜怎麼都這麼簡單？都是平凡無奇的家常菜，最後恐怕連紫菜蛋花湯都要拿出來湊數了。童年有一段期間，我非常著迷喝紫菜蛋花湯，阿嬤天天煮，大家都喝到怕了，發出抗議，才改換其他湯。不過阿嬤仍堅持為我煮一小鍋紫菜蛋花湯，她說我喜歡喝。其實後來我也喝怕了，連續好幾天，冷掉的紫菜蛋花湯擺在餐桌中間沒有人動，引發我心裡的愧疚。

阿嬤的愛就是這樣，以為你愛吃，就一直煮下去，煮到吃到怕為止。九層塔炒海茸也是類似情形，海茸是一種長得很像電話線的藻類，長長捲捲的造型像玩具，非常吸引小孩的目光。這道菜很簡單，蒜頭爆香、放入海茸快炒幾下，最後沿鍋邊熗入醬油、擱一點糖、加點水，把海茸炒軟，最後下一大把九層塔，翻炒至香氣四溢就完成。我第一次吃，驚為天人，又Q又香，九層塔的氣味噴香啊！阿嬤看我愛吃，乾脆去批發市場，買回一公斤海茸天天炒，吃個過癮。後來我又吃怕了，再次辜負她的愛。她給的愛太多太多了，不知節制地多，多到變成負擔。這也象徵著我和她後來的關係，我不得不辜負她，我才能得到自由。

我從小就吃著阿嬤的菜，卻從來沒有思考過，阿嬤是怎麼學做菜的？阿嬤沒有接受過教育，據說她是地主的小女兒，家裡有能力送她去學校，但阿嬤沒兩天就跑回家鬧著不上學，家裡由著她，這一耽擱，造成阿嬤往後一生的怨嘆。不識字的阿嬤無法閱讀食譜，甚至也聽不懂國語的她，連電視上傅培梅在教菜她也聽不懂。阿嬤學做菜的方法，除了少女時期幫忙家務學會的基礎，婚後她就得靠朋友間口耳相傳、或者買菜時請教菜販「這個菜怎麼煮？」，才能學會使用新的食材、新的煮法。這樣的學習管道，所學有限，因為買了一把陌生的蔬菜，菜販頂多只會說：「薑絲煸香，炒一炒、加點水燜熟就好。」買到陌生的魚，老闆頂多交代一句：「這種魚煮湯／用煎的／煮醬油就很好吃了。」皆是非常單純直接的料理方式，所以阿嬤不會做什麼複雜的大菜。

想到那一代女性普遍的知識局限，像阿嬤一輩子就困在一個小地方，甚至只待在廚房，我不禁有點心疼。我盯著手機螢幕發呆良久，不久手機屏幕也熄滅變黑。車窗外，高速公路的黃色路燈，一盞一盞飛過去，就像時光飛逝一樣，我也從小孩子一下子變成大人了。記得以前阿嬤常常告誡我：「你沒有媽媽，自己就要機靈一點，以後阿嬤沒辦法照顧你。你要自己照顧自己。」我從小謹記在心，很有危機意識。阿嬤不管在做什麼，我在旁邊都會看著步驟偷學。想到阿嬤萬一不在了，我就可以自己做。

搖晃的車子，我閉上眼睛，腦袋忽然浮現一道光，那道光越擴越大，最後像是盛大的陽光，照亮一幅舊日影像。我又看見童年老家屋簷下，阿嬤醃製的醬甕：蔭鳳梨、蔭冬瓜、梅酒、梅醋一甕一甕整齊排排站，都是阿嬤的寶貝。

她總會選一個特別悠閒的日子，買來整條冬瓜，或一盆鳳梨，削塊、拌上鹽巴或糖，裝在大盆子裡。阿公會幫阿嬤搬來兩顆洗乾淨的大卵石，壓在瓜果上面靜置出水，隔天搬開石頭，阿嬤翻動那些略微乾癟的瓜果，倒掉苦水後，再曬乾，接著裝甕，拌入糖、豆粕，灌入米酒，最後把甕蓋封起來。經過夏暑寒霜，冬瓜、鳳梨的顏色轉深，阿嬤才開封。甕缸裡飄出濃郁的瓜果香氣，經過時間轉化，琥珀色的醬汁竟有讓人聞之不禁流口水的鮮美香氣。這是阿嬤的料理法寶，燒魚、煮瘦肉湯都會用到，比味素還好用。阿嬤用自己釀的蔭鳳梨煮鳳梨苦瓜雞，湯頭甘美鮮甜，土雞香氣逼人，連湯汁浸潤過苦瓜也變好吃了，喝得滿頭大汗，暢快淋漓。

我從來沒有想過向阿嬤學習這些醃製的技藝，後來我開始煮菜了，才對這些事情感興趣。我只能從食譜、網路上輾轉學習別人的教學。我必須老實坦承，我光學不練，從來沒有動手實踐過。想玩這樣的古法手作竟然有點奢侈了，城市狹窄的公寓，沒有那麼大的地方讓我進行大規模的食物工程，光是一整條冬瓜，就不曉得擺哪裡；剝開的高麗菜，我也不曉得要拿去哪裡曬成高麗菜乾。

做了成品，我也恐怕吃不完，冰箱也收不下。當我需要這類醃製食材，只能四處尋找製作用心、遵循古法的市售品，買別人的手藝。

倒是阿嬤有一項醃製的技藝，我到現在還常做，那就是醃鹹蜆。這也是我後來才從他處學會的。一斤黃金蜆洗乾淨，冰在冷凍庫一晚，隔天用米酒稍微沖洗殺菌，放在保鮮盒裡，加入拍碎的薑、蒜、辣椒，幾片甘草，加入醬油，以及煮沸過的冷水，調成鹹甜的醬汁，浸泡醃製一晚，隔天蜆仔就會自動張口，吃入味道。肥美的蜆肉，飽含著鮮美的醬汁，帶著蒜、辣椒香氣，甘草浸出回味無窮的甘甜，十分開胃，絕對是下飯聖品。

小時候我就愛吃這品小菜，阿嬤總嫌麻煩，但因為疼愛，她還是會去買一盆蜆仔回來做。阿嬤不曉得冷凍法這個眉角，她土法煉鋼。總是午睡過後養好精神，才端著一盆蜆，坐在陽光好的騎樓下，捏著菜刀，揀起盆裡的蜆，瞇起老花眼一顆一顆撬開蜆的開嘴。我至今猶記著陽光下她的側臉，專注如一，一顆一顆碎金子從她掌心落下，咚隆咚隆敲出好聽的聲音。如此珍貴，都是愛的證據。即便她遠走了，都不會抹滅。

餵飽一個小孩，為他擔心營養，把他養高養壯，養到他最後脫離家庭，成為獨立的人。教他照顧自己，最後也能照顧別人，照顧自己的家庭，家庭的味道就這麼傳承下來。我從小吃著阿嬤煮的菜，學會用料理表達心意。料理的心意那麼隱微，吃的人卻一定會感受到，一輩子記在心裡。一道簡單的菜，勾引起記憶裡的愛，這就是家庭料理最有魅力的地方。家庭料理不需要複雜，重要的是合家人的口味，那就是無可取代，最豐盛的滋味。

本文刊於《上下游副刊》，原文章名〈最豐盛的滋味〉

# CHAPTER 2

# 我的家庭真可愛

# 姊姊

他趁姊姊去補習的時候打開那個抽屜，裡面藏著姊姊的日記。薄薄的藍色本子，記載著國中姊姊的心事，藍色字跡，字很小，每個字都縮成一團，彷彿不曉得怎麼在白紙上昂首闊步，就像她當時的模樣，沒有青春洋溢，反而臉色驚惶的時候居多。

小學成績總在班上前五名的姊姊，是人人眼中的聰明學生。升上國中原本在前段班，但第一個學期結束，姊姊就像一顆洩氣的皮球被無情地踢出來。學業的挫敗讓她羞愧，家裡也沒辦法接受，還去學校找老師瞭解情況。雖然是出於關心，但對於青春期的女生來說，「家長跑去學校」弄得人盡皆知，無疑是更丟臉的事。

姊姊每篇日記都在砥礪自己要拚回前段班。剛開始，班導用紅筆為她鼓勵，可是漸漸地班導也不寫回饋了。也許班導更想寫：「難道待在我的班級不好嗎？」一篇接著一篇，沒有對話，只有獨白，只剩下姊姊還在日記上喃喃自語。

他讀完姊姊的日記，就夾回原處，他很小心沒有弄亂次序，因為他知道姊姊有按冊編碼。然後打開其他抽屜，東摸摸西探探，看姊姊有沒有買其他新鮮玩意兒。抽屜後面，還藏一格空隙，只要把抽屜整個拉出來，伸手進去摸，總可以摸到有趣的事情：

姊姊偷買的電子寵物、姊姊買了不想讓他看到的明星卡，還有姊姊偷偷寫的小說，有時候還會找到姊姊偷藏的成績單、考卷，如果找到不及格考卷上還有偽造簽名，那就真的挖到寶！每次翻完抽屜，他都留心每樣物品都有歸回定位，才舒心吁一口氣，躺在姊姊床上小睡一下，像辛苦幹完一票的竊賊。

他和姊姊差了四歲，姊姊就像個未成年媽媽一樣照顧他。媽媽很早就過世了。姊姊因此特別照顧他，好像把這份責任揹在身上。

姊姊還在讀國小時，是品學兼優的學生。好像怕輸人，放學以後還報名各種補習課程，有英語、電腦、課輔、鋼琴……各項才藝班。姊姊常常不在家，大人只帶他出去。在街上，如果大人為他買零食，他總會用童言童語哀求大人：「姊姊也要一個！」請大人也幫姊姊買一份。大人覺得很不可思議，稱讚他懂事，會疼姊姊。他從小就聽得懂大人說話，他知道這是一句誇獎，嘗到甜頭，他後來就更賣命地說：「姊姊也要一個！」一直到他長大了，他心裡仍然不確定，當時是真的想對姊姊好？還是他只是為了對大人賣萌？

他剛進小學時，早上第三節下課會跑去另一棟樓找高年級的姊姊。姊姊遞給他兩個硬幣，他就拿姊姊的錢買零食。有一次姊姊身上沒錢，還向班上同學借錢，才有錢給他。如今，回憶常常在夜半睡前回來糾纏他，有時回憶很甜，有時酸澀，但這樁回憶卻無法明確歸類，百思不得其解他為何能如此理所當然向姊姊討錢，而姊姊卻甘願像小媳婦一樣節省自己的零用錢，留下一部分錢滿足他的求索。他覺得自己很奸詐，他對待姊姊不夠善良純粹，但姊姊卻甘心為他付出。他曾經把這件事拿去問長大後的姊姊，姊姊沒有多想，只說了一句：「因為我是姊姊啊，本來就應該照顧你。」

姊姊就比較好勒索嗎？他勒索姊姊的惡劣行跡，多到罄竹難書。姊姊升國中後，可能因為被踢出前段班，自尊心受傷，又或者青春期的害羞，那三年姊姊關在家裡不敢出門。姊姊的說法是，訓導主任會在外面抓遊蕩的學生，會被記過。可是他想不透，去超市買東西也算犯法？

要買東西都會找他幫忙跑腿，他向姊姊敲詐「跑腿費」，姊姊要買一杯珍奶，除了請他一杯，還要外加五十元跑腿費，他堪稱是最早的 Uber Eats；剛進入生理期的姊姊，拜託他去超市買衛生棉，他覺得男生買衛生棉很丟臉，姊姊用盡各種好話巴結他、哀求他，結果他那次跟姊姊要了兩百元跑腿費。姊姊當時的零用錢，一個月也才五百元。

小時候勒索來的黑心錢，他現在也沒辦法還姊姊了。十塊、五十塊，對當時他們來說是大錢，現在卻是下班回家從口袋掏出來，扔進玄關零錢缽的累贅小錢，他再投回去姊姊的存錢筒也沒有意義。

他姊姊最常對他說的一句話，就是：「你要聽話，不要惹大人生氣。」因為他們擔心惹大人生氣，就會被趕出去，流落街頭沒有地方住，這個恐懼如同陰影，覆蓋了他們的童年與青春期。

他們好喜歡宮崎駿《魔女宅急便》，小魔女來到大城市的第一天，租在麵包店閣樓，揹著一個大袋子在超市採買日常用品，買牛奶買平底鍋，為自己布置一個家。他和姊姊常常望著那一幕，眼睛裡有光。他們特別渴望有自己的家。

有一年冬天，他向姊姊吵了很久要過聖誕節，他的姊姊真的向同學借來一棵假聖誕樹。小小的聖誕樹，放在桌子上，姊弟倆很興奮把那些金球、拐杖、鈴鐺掛在枝頭上，這樣還不夠像，姊姊又偷偷剪開枕頭內胎，扯出一球棉絮，把扯散的棉花弄成白色積雪模樣，蓬鬆覆蓋在聖誕樹上。他盯著這棵聖誕樹，輕聲哼著聖誕快樂歌。這時，姊姊熄暗房間電燈，打開聖誕樹底下的按鍵，藏在葉子裡的小燈泡一時發出璀璨的光芒，金色的，彷彿隨著音樂節奏舞蹈跳躍，閃閃爍爍。

那天是平安夜，姊姊還準備了泡麵，當時家裡不給小孩吃這種垃圾食物。他們都不敢下樓裝熱水，所以就打開浴室水龍頭，用洗澡的熱水浸泡麵。姊弟倆吃著根本沒有泡軟、口感詭異的泡麵，也吃得好開心。

他國小三年級時，他們的爸爸娶了新媽媽，雖然大人都說是為了他們姊弟著想：「找一個媽媽照顧你們。」接近迎娶的良日，家裡開始堆放禮盒、囍糖、蠟燭鞭炮這些東西，他也感受到家裡最近要辦喜事了。

那天早上他依然去上學，但他看到祖先牌位擺滿供品，大家忙進忙出的，想也知道今天不尋常。可是沒有人在他面前提起一句，只催促他去上學。接近中午，坐在教室裡，他聽到遠遠的地方在施放鞭炮，沒有人對那些鞭炮聲有特別感受，只有他，覺得改朝換代了。

那天傍晚他回到家，家裡已經是熱鬧後的景象，客廳檀香彌漫，門口堆滿鞭炮屑。他用畚箕充當怪手，一次一次剷起炮屑，玩著一個人的遊戲。他姊姊不知什麼時候，無聲無息站在他旁邊，低低對他說：「你不要頑皮了。以後有新媽媽，你要聽話，聽新媽媽的話，知不知道。」他倔強不出聲，繼續玩他的怪手遊戲。那一刻，他才有了孤兒感。他和姊姊像被爸爸遺棄，每個人都有自己的家庭，而他只有姊姊。爸爸要組新的家庭。

他的姊姊熬過辛苦的國中三年，考上台南護校，異地新生活，還加入康輔社，開始會玩、會笑，姊姊的青春期總算來了。

他還是常常跑進姊姊房間，躺在姊姊床上，少了可以聊天的人，日子有點無聊。他盼望著姊姊回來，帶他去斗六，請他看電影、吃三皇三家，這是他唯一逃離這個小鎮的機會。這些娛樂開銷都是從姊姊的生活費扣下來的，過了好多年姊姊才幽幽地坦承那是不小的開銷。她月底沒錢時，就會去自助餐店買白飯，舀免錢的排骨湯，泡著飯吃。但姊姊還是很喜歡帶他脫離小鎮，姊姊知道他渴望離開。

他去台南找姊姊，姊姊當時已經在醫院實習，租了小套房。他那時開始接觸文學，姊姊帶他去 Focus 頂樓逛誠品，小文青聞著新書的氣味，大開眼界。站在誠品大面落地窗前，遠遠近近數不清的霓虹燈，城市夜景閃閃爍爍，就像當年那棵聖誕樹，滿眼炫目。姊姊後來調到屏東實習，他也去過一次，姊姊住在內埔鄉，離屏東市區有一段距離，她騎摩托車載他去市區吃夜市、逛屏東SOGO的誠品，他坐在機車後座，南國的熱風獵獵吹過他耳邊，他忽然聽到姊姊狂野的心跳，他低頭看見姊姊曾經蒼白的頸後因為長期騎車曬成古銅色。他心裡忽然有點安心，姊姊在這離家很遠的地方，反而過得逍遙自在，過得更像自己。

他當時也有了自己的秘密，很多的秘密使他變成沉默的人，而姊姊只當成他是在醞釀文章的情感，不曉得他內心的情慾。他最後也離開小鎮，上台北念書，在陌生城市不需要再隱藏自己。交男友，與男友同居，他也揹著大袋子採買生活用品、在賣場挑選平底鍋，布置自己的家，《魔女宅急便》的幻想終於成真。可是他無法將新生活與姊姊分享，他不敢出櫃，也少跟家裡聯絡，像斷線的風箏，遠遠離開所有人的視線。

他把這樣的心情向朋友傾吐，朋友任職媒體，為他寫了一篇人物專訪發表在網路媒體上。過了好幾年，他才向家裡出櫃。姊姊才告訴他，她已經在網路上讀過那篇專訪，只是她在等弟弟主動開口。他想起好多年前在房間裡偷翻姊姊的日記，偷窺她的心事，如今姊姊也偷窺著他的心事。然而那時候，姊弟已經很少見面了。

算命老師曾經告訴他，他這一生會好命，但可惜和血親的緣分比較淺，說中他的心事。他和爸爸已經好多年不相往來，就連唯一親暱的姊姊，也不常聯絡了。各自成家的姊弟，變得比較陌生，講話也多半會過濾。只展現自己好的那一面，困擾還是得各自解決。親人變客人，也許就是長大了。

他偶爾想起姊姊，但沒想過傳一封訊息問候她。他站在陽台點起一根香菸，輕輕呼出一口氣，看著冷煙隨風而逝。他常常想起過去，也想起躺在姊姊床上的自己。他有點明白了，他為何老愛躺在姊姊床上。

夜晚裡，香菸頭發出微弱紅光，他沿著視線看到自己的手腕。他伸出另一隻手，輕輕按住脈搏，感受血液竄動啵啵的跳動聲，他想到血緣，他覺得姊姊也在裡面。

# 童蒙教育

我阿公很奇怪，他非常反對我們讀課外書。只要是學校課本以外的書，他都認為會戕害身心、荒廢學業。國小二年級，班上同學借給我一本《愛迪生傳記》，是那種插圖超多、文字簡潔的兒童版名人傳記。我正讀著入迷，阿公不知何時走到我身後，一把抽走《愛迪生》，厲聲問：「書哪裡來的？」我抬起頭，仰望阿公肅殺的眼神。我還沒開口解釋，他一巴掌就打過來，我耳朵忽然嗡嗡叫個不停。我措手不及，莫名其妙，當場爆哭。爸爸慌慌張張跑進來，見這場面，輕聲輕語問阿公：「孩子怎麼了？」阿公揚揚手上的書，說：「他在看這個！」彷彿是什麼不堪入目的書。爸爸接過去，翻了翻，困惑地對阿公說：「爸，這書沒什麼呀？」

爸爸花了好多時間，向阿公解釋這本書的好處，為我開脫：「這是偉人傳記，小孩讀這個很好啦。」但為了給阿公臺階下，爸爸又輕輕用書敲我的頭：「功課寫完了沒？寫完才能讀啊！」我當時不明白，只覺得我又沒幹嘛，卻接連被打了一巴掌、又被敲頭，非常委屈。後來我就不敢在阿公面前讀任何課外書（我爸也叫我不要這麼做）。我堂哥、堂姊更扯，會去租漫畫，躲在房間讀，聽到阿公的腳步聲，嘩的一聲把成堆的漫畫掃進棉被裡，來不及的人就塞進自己的褲頭裡。

阿公不允許我們讀課外書，視課外讀物如禁忌，這件事始終讓我玩味，為什麼呢？可惜我國中時，阿公就過世了，我只能自己推敲答案。

許多年後，我從現代文學裡認識了日據時代台灣知識分子的處境、也知道白色恐怖的歷史。許多知識分子的「悲劇」幾乎都是從「讀課外書」開始。讀了體制外的課外書，他們獲得了啟蒙與覺醒，起身反抗，最後壯烈成仁，也牽連家眷。我那同樣經歷日據時代和白色恐怖的阿公，是否也曾經耳聞過類似的悲劇呢？我們的小鎮，有過一段輝煌的民主運動歷史，還曾經建立過像是總統府一樣的白色洋樓，廖文毅先生的家邸，民主運動最終慘敗收場。是否如此近身的見聞，讓阿公受到驚嚇，於是扔棄所有體制外的課外讀物，世世代代都不准碰觸，以免惹禍上身。寡言的阿公，他深邃的眼睛裡，鎖著過去的迷霧，但他從來不曾講起。

阿公雖然反對我讀課外書，但他卻是家裡最有耐心教我識字的人。在我連注音符號都還不會的童蒙階段，我有一本筆記本，常常要阿公在上面幫我寫字。我沒頭沒腦地叫阿公寫「大甲媽」、「王母娘娘」、「麥當勞」、「楊麗花」、「薛仁貴」……這些詞彙，得到它們我就很開心。阿公的硬筆字遒勁有神，頗有氣勢，下筆很用力，薄脆的紙面刻下凹凸的筆痕。他用專注的態度，為我寫下稀奇古怪的詞彙，即便他常常一頭霧水，寫這些字到底要幹嘛？他不懂我，但喜歡看到我開心。我像蒐集寶物似的，把世上我喜歡的詞彙都存在簿子裡，只要把它們寫在紙上，它們就屬於我。我像貪婪的守財奴，珍惜地磨挲著凹凸的字面。摸著大甲媽、王母娘娘這些神明的聖號，就好像可以召喚祂們降臨；摸著麥當勞三個字，我鼻子就會聞見炸薯條的香氣，眼前出現忙碌喧鬧的收銀場景……

我大概就是從那時候開始戀字。喜歡看文字串在一起。也會像幻聽一樣，聽見文字串在一起時，會出現一種類似旋律的聲響。有的旋律是好聽的，像是美文；有的旋律具有破壞性，像是詩。文字可以順著旋律而排列，讓人安心又陶醉；也可以故意破壞規則，製造石破天驚的效果。

我的伯母經營一家幼稚園，有一次她為了擴充幼稚園的硬體設備，採購了整面書牆的繪本、世界童話和中國民間故事。那套世界童話我愛不釋手，除了早就熟知的《桃太郎》、《金銀島》、《天鵝王子》……還有一本印度童話讓我印象很深，三隻黃色老虎彼此銜著尾巴跑圈圈，越跑越快、越跑越快，最後變成一圈流動的黃澄澄奶油。那聰明的小孩又叫又跳地跑回家，一臉靜定的媽媽帶著他回到現場，用瓦罐把奶油裝回去煎鬆餅。我坐在黃昏的書牆前，盯著他們大快朵頤蓬鬆噴香的煎餅，鐵盤吱吱作響伴隨著奶油香氣，像施了魔法一樣從紙面上，在我眼前升騰而起，黃昏的教室，我在閱讀幻象裡聞見滿室的香氣，魔幻至極。這是我文學最初的啟蒙。

後來我讀了更多書，卻始終斷不掉讀童話的習慣。我也無法理解這些簡單的故事為何讓我如此著迷？讀大學、研究所時還特別選修童話、民間故事課程，才驚覺童話深處潛藏著人類的集體潛意識，其實是大有玄機的。在資料裡，我也發現格林兄弟當初收集這些故事，並不是要給小孩的讀物，主要的目標讀者其實是大人。甜美的童話暗藏著大人才能領略的灰色人性和世態炎涼。直到現在，我還是會因為讀了一則童話故事，單純地發笑、感到幸福；卻也在讀完之後，回復大人的臉孔，不留情地拆解它的結構與隱喻。

耽讀雜書在長大以後反而變成正經事。不只沉浸在罪惡的淵藪，還成為創作者，專門製造邪惡。這些事，阿公始料未及吧。

# 家家酒

姊姊是我唯一的玩伴，我們總會一起玩扮家家酒，可是我們的劇情設定很奇怪，混合著鄉土劇的風格。我們很喜歡一個叫「旅社」的劇情。兩名滄桑的女人，姊妹淘似，其中一個還懷著身孕，兩人逃離原生地，躲到外地的旅社，兩人在旅社裡相互扶持，互問彼此的遭遇身世（被婆婆毒打、被愛賭愛喝的丈夫虐待……）。為了讓扮家家酒更有真實感，我們偷偷潛進主臥房，在伯母衣櫥找出幾件珠光寶氣的衣服。我記得有一件黑色緞面的衣服，胸口用珠翠鑲綴縫成一隻碧綠的孔雀，這件衣服是我的最愛，披掛上身就自我陶醉，彷彿自己是有錢人家的太太。這些衣服是我們扮家家酒的道具，加上姊姊擁有幾個外婆送給她的皮包，背在身上就更顯成熟風韻。後來我們甚至更大膽，偷偷跑到樓下，從鞋櫃拎出伯母的高跟鞋，踩上高跟鞋眼界就不同了，我們把自己穿成親家母的樣子，活脫脫兩個三八阿花。

扮家家酒的難度在於我們必須編台詞，先討論出故事骨架，其餘的描述身世、對方丟過來的對白，就必須靠臨場機智胡謅，並且在言談中推展劇情，規劃美好未來。姊姊每次編出來的故事都差不多，相較之下我很會編故事，我把現實中的親生阿嬤幻想成是我婆婆，然後把我平常對阿嬤的不滿轉化成台詞，講「阮大家官（我婆婆）多可惡多可惡」。還會學婆婆的惡嘴臉，虛構自己的妯娌如何聯手欺負我。幾乎都是從八點檔看來的劇情，加上現實生活的觀察，混合成我涕淚雙流的故事。為求逼真，我事先在自己的手臂上捏出幾個紅印子，正式上場後，再一邊說、一邊掀開袖子，露出那些紅紅黑黑的瘀痕：「這些都是她們打的啦，嗚嗚嗚……」我姊不曉得我還有這招，笑到翻掉。我姊很喜歡聽我講這些有的沒的，我一邊學、她一邊笑；但我們吵架時，她又會翻臉不認人，拿這件事威脅我：「我要跟阿嬤說，你上次講她的壞話。」不過她沒有真正出賣過我啦，姊弟相愛相殺的日常罷了。

後來我們的扮家家酒還開始「出外景」，我家附近有一座廢棄的鐵皮屋，門戶大開，我姊獵奇率先跑進去偵察一圈，與我商量合力把那裡開發成秘密基地。我們兩個拿著掃帚畚箕花了一個下午打掃地上灰塵木屑，本來還要拖地，但工程太浩大我們又懶，只好作罷。第二次去掃，阿嬤正巧路過，目瞪口呆看著我們滿頭大汗在掃一間廢棄破屋，揚聲大罵：「恁倆個起肖喔！自己厝內底不掃，還去掃這間破厝幹嘛？」嚇得我和姊姊立即撤退，阿嬤還在後面追罵：「你們這些傻瓜！」後續打掃工作只好秘密進行。

蟬聲漸漸熄滅，我和姊姊的秘密基地終於整理好了。鐵皮屋裡面沒有家具，我們抱來家裡的舊報紙，厚厚地鋪在地板上，還端了一張矮凳子權充桌子，我們常常窩在裡面喝珍奶、吃鹹酥雞、聊天，只要有食物的味道，即便房子再破，也會有家的感覺。在這場扮家家酒，我們拋棄了故事，也沒有演劇情，就只是待著，好像自己真的弄了一個家。吃完鹹酥雞，簡單收拾一下，我姊就從書包拿出家庭作業，在矮凳上安靜寫功課。沒有門戶遮蔽的鐵皮屋，路人經過都會看到我們，但小孩子在玩，鄰居也沒有大驚小怪，只是眼神驚訝詭異多看我們兩眼。

姊姊寫作業，我望著馬路發呆，秋天涼意的冷風，把我的靈魂吹出我的身體。彷彿有一個灰白色的我，站在馬路邊，看著屋裡面的我和姊姊。我從小就有奇怪的幻覺，覺得有另一個我，常常脫出我的身體，隨時在旁邊觀察我。有兩個我。姊姊寫作業到一個段落，說累了想睡午覺，便把書包當作枕頭，躺了下來。我們兩個分享同一顆枕頭，兩顆頭抵在一起。廢墟有一股乾燥的霉味，還有附近茉莉花的甜香，還有鹹酥雞九層塔的香氣。躺在粗糙的水泥地上，骨頭都會痛。沒多久，我耳邊響起細微的打呼聲，姊姊真的睡著了。我坐起身來，茫然四望，看到另一個灰白色的我，還站在外邊觀察著我們。

某天姊姊叫喚我，她指著窗戶外。我們趴在窗櫺，看著鐵皮屋前停著一輛藍色發財車，一群男人闖進我們的秘密基地，他們拿著捲尺四處丈量，還用腳踢走我們鋪在地上的報紙，指著我們的家當，皺著眉頭，疑心是不是有流浪漢闖進來占地居住？一個凶神惡煞的肥叔叔，屁股大剌剌坐在矮凳上，我們的桌子！我和姊姊心裡揪成一團，眼睜睜看著他們抄家！我們的秘密基地就這樣被毀了。鐵皮屋經過重新整理，來了一戶外地遷來的小家庭，一家四口、加上他們的阿嬤，搬進去住了。新來的鄰居大哥哥很帥、很有耐心，我們都一起上下學，但我從來沒有告訴他，我和我姊的傻事。

我和姊姊太渴望搬出去獨自生活，擁有自己的家。生活在他方，我們把所有渴望投射在扮家家酒，不管是廢棄屋、還是「旅社」，離家出走、相依為命、互相扶持，在破落戶白手起家，在新的一處展開生活、新的未來。這些渴望都在扮家家酒中獲得實現。那齣古怪的「旅社」扮家家酒，我們總是句點在同樣的結局：忽然有一天，我們其中一人從外面回來，手上拿著一張傳單，告訴另一個人：「我在工廠找到工作了。下禮拜就可以去上班。」有上班就表示有收入，雖然只是去做女工，一點一點存錢，仍然可以求得溫飽。遊戲裡，我們歡天喜地。背景音樂彷彿響起一首鳳飛飛的〈祝你幸福〉，送你一份愛的禮物，我祝你幸福。在那一刻，我們脫下身上的過於老氣的孔雀珠寶上衣，脫下磨腳的高跟鞋，赤腳走向我們幸福的未來。

不知道有多少次，我們躺在床上做白日夢，在空氣裡擘劃藍圖，描述我們有一間大房子，客廳應該怎麼擺設、二樓的房間怎麼分配，應該養貓還是養狗，如果外公外婆來作客應該讓他們睡哪裡？我們說得天花亂墜，都等著我們長大以後實現。

當時覺得遙不可及的未來，其實一眨眼就抵達了。後來的我們真的離開那條街、那座小鎮，生活在他方，擁有自己作主的房子。最近忽然有一天，台北家裡只有我一個人，我臨時發瘋，倒臥在客廳冰冷堅硬的地板上，閉上眼，宛如小時候躺在鐵皮屋的水泥地上一樣，時空錯換，想像自己在童年醒來。睜開眼，麻雀在鐵皮屋的空地上下跳飛，陽光一寸一寸挪移，空屋的時間悠長，我從未來回到過去，站在陽光底下看著鐵皮屋裡的兩姊弟，家家酒還在進行中。

# 日曆紙上的圖畫

小時候，爸爸在外地工作，一個月才回家一趟，平常只能打電話。

我每天都在期待他的電話。爸爸的聲音從遠方傳來，話筒裡總是夾雜著海風，貼在我耳畔，既遙遠又親暱，他預告下禮拜四要回來。下禮拜四？當時我讀幼稚園小班，對「時間」完全沒有概念，我根本不曉得「下禮拜四」是什麼意思？只有默默記住「下禮拜四」這個詞，打算掛電話後再去問阿公。下禮拜四。下禮拜四。心裡的困惑讓我在電話這頭安靜了下來，爸爸那邊的話題好像也枯竭了，他輕輕揚起聲音問：「還有什麼話，想對把拔說嗎？」說這句話就表示爸爸要掛電話了。每當發現爸爸要掛電話，我的喉頭總會湧起一陣酸意，像是一股氣流卡在喉嚨，想大聲叫出來，卻又怕爸爸擔心所以強忍住。我深吸一口氣，眼睛痠熱，輕輕說一句：「把拔我好想你。」電話那頭似乎笑了，心滿意足地笑了，爸爸說：「兒子，我也很想你。」

那個年代沒有手機，爸爸住在宿舍也無法使用室內電話，他總是跑到公共電話亭打電話回家。有一次爸爸無意間提起這件事，被我深深記住，我在腦袋裡自動編織出清晰的影像，彷彿是我親眼目睹的：寶藍色的夜空，花蓮入夜後的海灣，灣岸的遠處有一排餐廳熱鬧的燈火、還有喝醉的人大聲喧譁的笑聲；而海灣這一頭卻是安靜寂寥，黑色的海浪一波一波撲上岸，岸邊暈黃路燈下，矗立一座紅色電話亭。太平洋黑暗無邊無際的海面，孤單隨時都要湧進這座電話亭。我爸鑽進亭子裡，投下一枚枚硬幣，嗡嗡嗡、嗡嗡嗡……爸爸聲音後面，總會有黑色海浪的背景音。

我爸回來時，告訴我許多關於海邊的故事。他說，他住在宿舍想吃水果，去水果攤買一袋撞傷的小蘋果，他說買受損的水果比較便宜。他捨不得分給其他人吃，他拎著這袋水果，跑去海堤，一口氣啃光整袋蘋果。那是一段孤寂的時光，媽媽過世了，我和姊姊被帶回阿嬤家寄養，我們家被迫拆散。好久好久才能見一次面，平常只能靠昂貴的長途電話聯繫，電話裡不時傳來哐啷一聲錢幣跌落的聲音，公共電話提示用戶該投錢了，否則就要切斷電話。有時爸爸來不及說再見，他的聲音便切斷，消失在一片黑暗之中，被黑色大海捲去一樣，吞沒太平洋的深底，像媽媽死掉一樣，再也看不到他。我是太多幻想也太容易感傷的小孩，我會莫名為此哭起來。

下禮拜四。下禮拜四。阿公幫我在日曆紙上畫圖，告訴我每天撕掉一張，撕到畫圖的那張紙，阿公幫我畫了一輛藍色小轎車，駕駛座車窗伸出男人上半身，對我們笑著揮揮手，那天就是下禮拜四，爸爸就會回來。我每天爬上椅子認真撕去一張紙，然後作弊翻到畫圖那張紙，盯著阿公畫的那個男人，希望他趕快出現。我始終覺得我的童年很漫長很漫長，因為我總是在等待。

終於等到爸爸要回來那天，他早上就打電話回來，告訴我們他要出發了。他開著一輛破舊的雷諾小車，從太魯閣入山，車子就在窄小的山路轉啊轉，轉到合歡山，再轉到清境農場，一座一座大山變成綠色的大蛋糕，他沿著蛋糕的邊緣開車，一圈一圈爬上去，翻山越嶺，再從台中轉高速公路回來，等到他的車子回到小鎮，往往也都傍晚五六點了。

可是有時候，他會回不來。下大雨或者颱風過後，中橫容易山崩，就像暴力掘開鮮奶油蛋糕，巨石般的草莓、破碎的海綿蛋糕與泥沙般的鮮奶油，把回家的長路搞得滿目瘡痍。

這次也是，爸爸開到半途遇到山崩，回不來了，只能折返，用路邊公共電話傳回這個悲傷的消息。我坐在餐桌邊緣，還在等他回來開飯，阿公卻婉轉告訴我這件事。阿嬤為了爸爸回來，加了好多菜，滿桌的佳餚，這下子應該吃不完。阿公似乎預知我會哭出來，輕輕拳著我頭髮：「你母湯哭喔。」這樣不定期的，爸爸回不來的恐懼縈繞著我。

那天晚上，我做了惡夢，夢到豪雨的山路，爸爸困在車陣裡，雨刷來不及刷開淋下來的水幕，鬆軟的山壁吃進太多水，土石滑動，又像海綿蛋糕崩下來，把他活埋進去。

我嚇醒在伸手不見五指的深夜。

黑暗中，我聽到勻稱悠長的鼾聲，是爸爸的鼾聲。我不敢置信，卻是真的，爸爸睡在我身邊，他疲憊過度，整個人睡死了。我驚奇看著，他的臉，他的身體。但叫不醒。我像一隻小狗，蜷在他身邊，挨著他的手臂，又安心地睡了。隔天早上，爸爸還在睡。我跑進廚房找阿嬤，阿嬤攪著瓦斯爐的熱粥，漫不經心地告訴我，昨晚爸爸從中橫下山後，又改道蘇花公路，從台北連夜繞回來。為了回來看我。

我走進客廳，牆上日曆紙，還是昨天舊的那張，停留在禮拜四。圖畫上，藍色的車，男人半身鑽出車窗，伸著長長的手臂，笑著咧嘴對我招手。爸爸回來了，他真的守信用回來了。

本文刊於《中國時報》

# 祝你幸福

媽媽過世一年多，日子恢復平靜。過了一陣子，大家想起什麼似的，發現家裡多出一個「羅漢腳」，忽然著急起來，把目光落在我爸身上。阿嬤首先發難，大家紛紛跟進，勸爸爸趕緊再找一個女人成家，共度下半輩子。

當時爸爸才三十歲出頭，猶然是個年輕小夥子，常常手腳慌亂地一手抱著我，另一手還牽著一個小女孩（我姊），任誰看了都會覺得可憐。爸爸一邊上班賺錢，一邊照顧我們，男生比較不會帶小孩，我和姊姊的耳後細縫常常可以摳下白色細屑，阿嬤看了，可憐地說：「沒洗乾淨啦！」我爸幫我們洗澡，都是沐浴乳胡亂抹一抹而已。

這個家缺了一個女主人，阿嬤四處放風聲，要親戚們幫忙留意。連我外公外婆也表示贊同：「還年輕啦，幫孩子找個新媽媽，也是好的。」不過外公外婆、大阿姨背地裡會從我這兒探問爸爸相親的新進度，問完之後總有一陣茫然無語的空白時光，撇下我，他們自己內部討論起來：「阿美（我媽）才過世沒多久啊……」大阿姨還會逗我問：「你會希望爸爸娶新媽媽嗎？」我立刻說，不！外婆阿姨很滿意，露出神秘的微笑。我姊比較敏感，扯著我的衣角、給我使眼色，要我別亂講話。阿嬤也交代過，如果外公外婆有問起此事，必須說：「不知道。我們都不知道。」大人的角力與心眼，小孩子哪懂呢？

每當爸爸自外地工作回來，阿嬤總會喜孜孜從抽屜取出一小疊相簿紙卡。那種放沙龍照的小相簿現在很少見了，它像是一張證書夾，打開，會先看到一頁純白的蕾絲，朦朧地看到後面影中人模樣，再揭開蕾絲，就會現出一張修圖很大、美肌、柔焦開到爆的唯美沙龍照。阿嬤像歌仔戲的媒人婆，眉眼帶笑地一份一份翻開，要我爸從中選一個。爸爸興致闌珊，懶懶地瞄一眼，抱著我，開玩笑地把工作推到我身上，要我選一個當新媽媽。阿嬤看到我像看到仇人，鼻孔噴出一口氣，扭身走了。

平常阿嬤很疼我，我可以算是寵孫無誤，但是這種時候她特別討厭我，不知道為什麼？好幾次聽她抱怨，當年算命仙說爸爸不該太早娶，結果就是因為我媽媽……每次故事講到這裡，阿嬤就住嘴了。我稍微大一點才摸清來龍去脈，當年民風保守，我媽未婚懷孕，逼得爸爸一定得娶她，奉子成婚，觸犯了算命仙的預言。阿嬤算來算去，就是我媽的錯，害她兒子吃苦。每次聽阿嬤講這個故事，我心裡都很悶。

後來我花了很多年才釐清心中那股「悶」從何而來：阿嬤否認了我媽，認為爸爸不應該娶我媽，其實也就間接否定了我和我姊的存在，彷彿是我們啟動了厄運，拖累她兒子，不然她兒子現在應該很好命才對，都是我們害的！

那時，我還無法釐清自己的感受，只覺得阿嬤講話刺耳，我心裡委屈又無處發洩。阿嬤講完，我就開始彆彆扭扭起番。阿嬤看我扭扭捏捏，又哭又叫的，於是更討厭我了，她仰頭長嘆，恨足了心說：「你們看，這個囝仔，查某體！沒效啊啦！」翻成國語是：這個男生娘娘腔，沒用了啦。

這個算命仙故事，阿嬤講了十幾年，直到我長大變歹囝了，她還在講。後來變成歹囝的我，常常頂嘴老人家，我就不甘示弱回嘴（袒護媽媽）：「對啦，攏是妳兒子把人家幹到大肚子。妳就不怪妳兒子，攏怪阮老母！」用最粗的字眼，每個字都像刀。阿嬤氣到說不出話來。我也氣得滿眼血絲。

相親這件事，爸爸在眾人面前保留態度，晚上睡覺前，我卻發現爸爸拿著那些沙龍照，背著我靜靜地翻著端詳。當我發現，我就會用盡各種方法阻撓他看照片，恨不得撕掉照片裡的女人。

該來的還是會來，阿嬤安排了好幾場相親。我爸穿上襯衫、打著領帶，一身清爽，春風少年兄。

相親陣容浩大，除了我爸和對方女生，還有雙方父母、媒人婆。阿嬤很討厭我也在場，平常日我要上學就很難跟到，但若是週末我死哭活命也要跟去。對方父母看到我，總有三分遲疑，客氣地問我幾歲、讀書之類的傻問題。我漾起矯情的笑容，瞇起眼睛盯著肉臉擠在一起諂笑的對方媽媽，乖順地回答她。一邊討厭她，一邊又討好她。我也會站到那位矜持害羞的阿姨面前，仔細端詳她的臉，看得她更加害羞。阿嬤見狀，壓抑著怒氣，低聲要我快回到她身邊坐好。

矜持溫柔的阿姨姊姊們，頂著剛燙好的頭髮，淺色長裙、淡色上衣，臉上淡淡的妝容，不是浮誇濃豔，也不能全無打扮，保持著清純，也展現帶得出場的得體風範，但是態度上都比較被動、害羞。開話題的人總是爸爸，問對方平常工作忙不忙、放假喜歡看電影嗎？話題清清淡淡，不著邊際，畢竟雙方家長都在，也不好太快「老司機」；不然我爸平常其實很調皮，滿愛說有趣的幹話。

我爸總會選在一個時機點，摸摸我的頭說：「小孩子很調皮。」阿姨會說：「不會啊，他很可愛、很乖。」這句話其實是我爸在暗示對方，願不願意接受我和姊姊？我從小就是有心眼的孩子，聽到我爸問這句話，我雖面不改色玩著手上的玩具，但耳朵會立刻豎起來，等待對方的回答。這是相親，所以必須講好聽的場面話，來相親的女生都會給出相似的答案，只不過在應答語氣、速度中，會聽出微妙差異。有人慢了好幾拍，才言不由衷地說好可愛；有人回答時，口氣裡有熱情的笑意，好像只要是關於我爸的事，什麼都好、什麼都願意接受，這種可能是對我爸暈船了，愛他所以愛他全部；有人甚至連回答都不回答，只有面露淺淺的微笑，現場氣氛就有點冷。

相親很殘忍，相親場合沒有愛情，而是雙方把籌碼放在天秤上看誰高誰低。別人會嫌我爸是單親家庭，不願意把一生幸福押在當繼母這件事上。而我們這邊呢，回到家阿嬤也會大肆描述她的觀察，把對方女孩的長相、坐姿、講話口音、工作、對方父母的氣質……全發表一輪意見。彷彿我們條件很好，很有資格嫌棄別人似的，當阿嬤滔滔不絕時，眼光瞄到我，才又提醒了她，他兒子身上牽著兩個拖油瓶，實在沒資格嫌人家，她才鼻孔噴氣住了嘴。

我覺得最自私的人是阿嬤，她對於婚姻的概念，就是找一個丫鬟給我爸，找個可以伺候我爸、又能照顧我和姊姊的人。對她來說，婚姻是實際用途。

如果雙方都有好感，我爸就會約對方進一步約會。有時去台中看電影，或開車到鄰縣的風景區半日遊、吃個小餐廳，我爸會帶我去當電燈泡，而我姊心思敏感，總是推辭待在家。我對於阿姨抱持著相當的敵意，但有時候玩得太開心，竟忘了要討厭阿姨，盡興回來，還巴望著下次再跟她出門。記得很深刻，有次回到家我跑去姊姊房間，向她炫耀我滿身的牛排油煙味，說她今天虧大了，因為我們去吃「我家牛排」！我把阿姨送的禮物轉交給她。我姊安靜寫功課，把禮物擱在一旁，冷冷地不理我。我還以為她是為了沒跟到牛排而生氣呢。

再更進一步，阿嬤就會邀請阿姨來家裡吃飯。阿嬤作東請客，表態著她釋出強烈的善意給阿姨，這是大事。受邀的阿姨，莫不惶恐認真以對，甚至還會從我這裡探問口風，詢問阿嬤的喜好、風格，也會與爸爸七嘴八舌討論要買什麼給阿嬤當見面禮。我爸心疼地說：「不用緊張啦。吃個飯而已，不用特別送什麼。」但沒人想當失禮的人。吃飯當天，阿嬤忙進忙出，阿姨趕緊跑進廚房，試圖要幫忙，但都被阿嬤趕出來，阿嬤臉上流著汗，一臉是笑：「妳是客人，客廳坐著看電視就好。廚房太熱！」阿姨坐在客廳，眼睛瞄著廚房深處，皆是坐如針氈。在我家，有了主場優勢，獻寶、纏著阿姨說話，她們極度有耐心、溫柔地應付我，她們也試圖小心接觸靜靜不說話的姊姊。

有一回，我獻寶過頭，或者刻意為之，我竟然搬出我爸和我媽的婚紗相冊給阿姨欣賞。當我扛著硬殼精裝的大相冊出現在客廳，我爸頓時停止了呼吸、阿公也驚呆瞪著我，阿嬤臉上閃過陰沉的表情，但礙著阿姨是客人，每個人都不好發作，只得任由我一頁一頁翻開沙龍照，看著爸爸一臉甜蜜摟著我媽媽、我媽嬌羞埋在爸爸的西裝胸膛，我鬧著阿姨給我稱讚，阿姨禮貌頷首：「媽媽好漂亮啊。」那天晚上，我被打得很慘，每個人輪番罵我，連我爸都不救我，最後阿嬤把那本相冊鎖進衣櫥，從此不見天日。那次來吃飯的阿姨，不曉得是不是這個原因，後來就不跟我爸聯絡了。

大人發現我的破壞力不容小覷，便把所有事情都瞞著我，暗中進行我爸的幸福大業。後來是我姑姑走漏消息，她是教育開明派，要跟我講道理，覺得小孩是可以被馴服的，把我拉到一旁，說，爸爸娶了新媽媽，他也還是我爸爸，而且還會多一個新媽媽照顧我，多好啊！爸爸不用那麼辛苦了……姑姑說這席話時，我表面上乖順點頭，心裡很慌張，他們一定又再幫爸爸相親了！

果不其然，沒隔多久，姑姑幫爸爸介紹一位阿姨，據說有事業，自己有車有房。相親安排在姑姑家，出門前阿嬤在神明桌前厲聲警告我，如果沒讓我爸娶到老婆，「我就要把你趕出去！你不要再住我家了！」這句威脅真的嚇到我了，我媽過世以後，我和姊姊流轉寄住在親戚家，我最怕別人翻臉要趕我們走，讓我變街頭遊民。那天相親，我表現得很乖；這次不是裝乖，是嚇乖。

雙方有甲意，相親進行很順利，往後的每一次約會，爸爸沉浸在粉紅泡泡裡，我看著他變了一個人。有一回我生病，要去鄰縣的大醫院做檢查，掛號、批價、領藥手續很繁瑣，似乎拖到了時間，爸爸神情焦躁猛看手錶，回家路上踩足油門，進家門那一刻，電話剛好響起，原來是阿姨打來的。那時還沒有行動手機，都只能用室話聊天，爸爸怕錯過女友打來的電話。

爸爸浮現我從沒看過的害羞表情，像年輕小夥子，抓著電話，像天長地久，對著空氣微笑，一下子苦惱搔頭、一下子又神情歡快起來。

如果我認為阿嬤是自私，那我也自私。我不希望爸爸再娶新媽媽，我想霸占他所有的愛，我自私希望他守著鰥夫這個身分一輩子，只要愛我和姊姊就好。那時我還不明白，爸爸有他自己的人生。「妻子過世」只是一個坎，不需要困在這個坎太久，終究該走出陰影，抬頭挺胸再找一次自己的幸福。我卻像個冤親債主，在陰影裡拖住他，不讓他走出喪妻的陰霾，不讓他有再一次幸福的機會。

當爸爸戀愛時，原來他是歡快的人，那是小孩也沒辦法給他的。就像阿嬤說的：「難道要你爸老了孤苦一個人嗎？」阿嬤是對的，小孩給父母的陪伴，終究敵不過一個老伴。後來我常讀到一句老生常談：「父母應該學會對小孩放手。」我那時正好相反，我學著對爸爸放手，看著他戀愛、再婚、又喜獲新子。看著他開心，雖然我還是五味雜陳。爸爸，祝你幸福。

# 揩油

我和姊姊睜大眼睛，望著爸爸。他清了清喉嚨宣布：「一個人可以選三樣。」我們嘩地一聲掙脫爸爸的手，跑進超市開架前。

那些年，爸爸還留在花蓮工作，一個月才回來一趟，我們聚少離多，平常我和姊姊寄住在阿嬤家、親戚家。大家對我們視如己出，但我們仍然敏感地察覺到寄人籬下的處境，萬事萬樣克制謹慎，不敢麻煩人家，更不敢放肆鬧情緒。只有爸爸回來了，姊弟倆才像解放一樣，膩著爸爸，撒嬌地討東討西。阿公搖頭笑道：「你爸回來，你們就開始揩油了。」

吃完晚餐，爸爸騎摩托車載我們去鎮上的超市，一個人可以選三樣零食。

這裡頭藏著一條不成文規定：如果想買玩具，就只能選一樣。選好的玩具還必須交給爸爸瞄一眼，他點頭才能買。爸爸其實是在看價錢，如果超過兩百塊，他就會叫我們放回去。我每次都在三樣零食，與一樣玩具之間掙扎。有時候我還會和姊姊商量，我選一樣我們都喜歡的玩具，然後她的零食分我吃，在結盟關係裡創造雙贏。

那時候姊姊已經讀國小了，成績很好，常常藉口要買文具，把爸爸哄去書局買她想要的東西。她成績好，是爸爸的驕傲，不管她說什麼爸爸都會相信，她說想學口琴，爸爸就花了大錢，買下一支精緻的口琴送給她，我吵著說我也要，但爸爸卻告訴我，等我長大以後才能買。姊姊在旁邊瞪著我，告誡我不能亂花錢。我幾乎要哭出來，為什麼她花錢可以，我就不行？我在書局撒潑起來，不管丟臉不丟臉，指著我姊的臉，一邊跺腳一邊罵她：「妳揩油！妳揩油！」姊姊鐵青著臉，覺得很丟臉。爸爸先是詫異、然後似乎在強忍笑意，最後他沉著臉教訓我。書局老闆一臉愛莫能助，也在旁邊偷笑。我上了車，還在罵姊姊，「妳不要臉！妳不要臉！」爸爸聽到這裡，真的就生氣：「不能對姊姊講話不禮貌！」忽然間，我看到姊姊驕傲得瑟的表情。

每天傍晚五點到六點，電視的老三台都會播放一小時的卡通，中間置入的電視廣告，也都是瞄準小孩市場，狂打一些零食飲料、書套、玩具，讓小孩看了心動，回頭煩爸媽買給他們。我當時就被一套黏土玩具燒到了。各種鮮豔顏色的塑膠黏土，廣告裡的美國小孩，快樂地把黏土壓成金黃色的薯條，組裝成大漢堡、奶昔的模樣，神奇地變出一組麥當勞的套餐。怪的是，他們還把薯條真的往嘴裡放，一臉滿足好吃的模樣。我就被迷住了，以為只要擁有這套玩具，我就可以在家裡自己做麥當勞薯條。我牢記著這件事，等到爸爸回來，就盧他、撒嬌、保證我以後都會很乖，拜託爸爸買這套黏土給我。爸爸覺得這不是什麼壞事，便帶我去鎮上的玩具商店看這套玩具。我記得一套要兩千元。我爸立刻拒絕我的要求。

我當場落下淚來，哭著跺腳說：「為什麼不買給我！為什麼不買！」爸爸牽著我的手要離開，我甩開他的手，發出很大的聲音，鼻涕口水黏糊糊的卡在唉嚨，在賣場叫著：「姊姊要買東西你就可以，我為什麼就不行？」爸爸生氣了，又拉起我的手，警告我說：「我們要回家噢。你不走，你等一下就自己走路回家。」回家路上，爸爸騎著機車，我抱著他的腰，風吹走我不停落下的眼淚，每停下一次紅綠燈，旁邊的騎士就會回頭看我，看我為何哭得這麼傷心。那次，爸爸不為所動，鐵了心不買。

大概過了好多年，我才理解我們家當時的經濟壓力。我媽生前倒了一家服飾店，幾百萬的負債還扛在爸爸身上、房子車子的貸款、媽媽生病與往生時的花費，以及我和姊姊的開銷，全靠著我爸公務員微薄的薪水在支撐。我們家買不起這麼奢侈的玩具。窮到要吃土了，怎麼可能還買黏土。

我卻不死心。沒買到玩具黏土，我有點賭氣地告訴爸爸，我也要學口琴，我也要買一支口琴。之前爸爸說我長大才能買，但經歷黏土事件後，現在他卻一口答應了。也許他認為學樂器是教育吧，小孩的教育他願意花錢投資。

我買到口琴的第一件事，就是拿去姊姊面前炫耀。她翻白眼，嘆氣說：「你不要整天只會吵爸爸。」我把口琴放到嘴巴，大力地在她耳邊吹響，惡意地發出很難聽的聲音。她摀起耳朵，快被我弄到哭了。

爸爸回來探望我們的時間很短暫，往往只能停留三天，就要回去花蓮上班了。再看到爸爸又不知道是什麼時候？爸爸不在的時候，那種孤兒的委屈、沒有安全感、不知道怎麼跟人溝通，種種的恐懼又湧了上來。比起玩具什麼的，我更想要爸爸一直陪著我。我把口琴扔到一邊。爸爸在整理行李，我像無尾熊抱著他的大腿，眼淚一直掉。

爸爸好像已經不記得我前幾天的無理取鬧，他溫柔安慰我，爸爸很快就會回來啊，爸爸會打電話給你啊，你不要一直拉著我、我要怎麼整理東西？爸爸要回去賺錢給你買玩具啊。

因為我一直哭，爸爸本來下午就要開車回去，他卻留下來陪我吃晚餐、又陪我看完八點檔，然後幫我蓋上棉被，在我的額頭留下吻痕。一個人開著夜車回去，到台中、開上中橫的黑暗山路，清境農場、合歡山、太魯閣，回到上班的花蓮。我不曉得那是一條多麼漫長的路途，我只能憑空想像。我很擔心他會在山裡遇到童話故事裡的強盜，被強盜殺害奪財。我憑空胡亂想出很多擔憂，嚇得自己睡不著。最後我從枕頭下面拿出那支口琴，小聲地吹出柔軟的聲響，這麼做能夠安慰我，彷彿我可以用琴聲一路保護他。

# 我的父親不一樣

我的爸爸不像是傳統的父親。別人的爸爸沉默寡言、難以親近；我的爸爸嘴角有流不盡的糖蜜，說不盡的甜言蜜語。

從小到大，他打電話給我，他必先高呼一聲：「我的寶貝兒子唷～」把我逗笑。見面時，他像摟著小狗，臉頰磨蹭，低呼纏綿：「我的心肝寶貝～」他不曾壓抑他的愛，奔放的熱情毫無保留給了小孩。

他最喜歡說，以前他和我在花蓮相依為命的故事。那時我媽剛去世不久，讀國小的姊姊為了不中斷課業，先和阿嬤回老家就學。我和爸爸繼續待在花蓮，住在爸爸的警察宿舍。爸爸說，他常常在宿舍房間，用簡單的電鍋熬粥給我吃，海鮮粥、皮蛋瘦肉粥，雖然我一點印象也沒有，但爸爸在親戚面前說了又說，我最後也相信了。爸爸是天生的說故事者，說話很有畫面，大家彷彿都看到一個年輕的鰥夫，端著一個小碗，一口一口餵著三歲大的孩子，一邊餵、一邊拿紙巾幫我擦嘴。

有一件事，我倒是記憶深刻。爸爸開車，我坐在他的大腿上，我們盤旋在中橫的山路上，他一路唱歌，天空蔚藍，車窗外的景致像是在月曆上的國外風景一樣，清澈的陽光曬著翠綠的鮮草，因為有點冷，爸爸身上的體溫就讓我更想靠近。我們到了一個地方，下車，爸爸牽著我的手，穿過許多果樹，帶我去路的盡頭，抱著我，我的目光越過柵欄，一片草原圈養著綿羊。那是我記憶中，父子極少的單獨出遊。

也許是媽媽很早過世的關係，爸爸必須父代母職，一人分飾二角，所以他與孩子相處時，有著異常的溫柔。總是那麼寵膩，說不完的甜言蜜語、喜歡向孩子撒嬌，不像一般的傳統父親。我爸的愛像煉乳，濃郁芬芳，纏綿悱惻。

小時候，來家裡閒坐的三姑六婆常常講起附近幾條街的八卦流言：誰誰誰居然拿菜刀追他爸爸，或者誰家兒子和老父吵架，十幾年不曾帶妻兒回來看爸爸……這些故事聽多了，我隱約有種感覺，父子好像很容易變仇人，一山容不下二虎，輕者互看不順眼，豁出去的就直接開戰。最後的結局總是兒子要離開家裡，彼此眼不見為淨。父子關係是繼承，更可能是決裂。

我慶幸我和爸爸似乎逃過父子反目相仇這一劫。我們感情如此甜蜜，我依賴著他，他傾其所有愛我，我們不可能相仇。我讀國小時，身子已經抽高長大，不再像小孩，我爸還懷念著我小時候總是坐在他的大腿上，他免不了又要說起那段抱著我開車的故事，說著說著，他請求我再坐到他大腿看看，再讓爸爸抱抱看，讓他重溫舊夢。我很難為情，可是敵不過在場眾人鼓吹起鬨，我只好做了。我屁股戰戰兢兢，流著冷汗，像坐到釘床上似的輕輕「壓」在我爸的腿骨上，真怕把他的大腿坐斷。我可能真的很重，我爸摟著我的腰，掂了掂，笑著說：「我兒子真的長大了。」我趕緊起身。有點尷尬，心裡卻莫名彌漫著甜蜜。父子無可救藥的愛，彷彿我就是從他大腿長出來的新枝幹，他就是我，我就是他，難分難捨，不可能截斷。

小學時，家裡加入新成員，我的繼母進門了。同一年，我的外婆剛自殺沒多久，我還在戴喪期間（我爸沒有回去奔喪），家裡要求我一年內不要靠近新娘房，以免穢污了喜神。很奇怪地我變成一個玷污的人。長達一年的時間，爸爸的房間外面出現一條結界，我被阻隔在外，父子中間出現界線。我和爸爸的關係，似乎也因為他的新妻子而產生了質變。為了步向「正常的家庭」，爸爸一改往昔甜膩的作風，端出為人父的正經模樣，不再那麼甜蜜；但我與繼母有點適應不良，我們無法產生母子般的親暱關係。有時候繼母在我面前對爸爸做出撒嬌的舉止，隱約地讓我感到不舒服，那本來是我可以做的事，但我現在不能做了，我有一種被篡位的憤怒，因為他們是夫妻，我也不能說什麼。更詭異的事，我一直覺得繼母在我面前跟爸爸親暱，是在對我示威、是在針對我，是特別做給我看的。（也許她並沒有。）

我像個外人審視我爸的新家庭，後來妹妹出生，我感覺爸爸的新家庭好像更完整了，但他的新家庭似乎沒有我的位置。

繼母不止一次地說，不要跟妹妹搶爸爸。我小時候很怕繼母，繼母這麼說，我識相退縮到更外邊。我的存在，好像就破壞了爸爸的家庭。我變成繼母眼中的一根刺。即便爸爸招手要我過去，我也是忐忑不安，看著旁邊的繼母的臉色。原本我每天走路去爸爸家吃飯，可是那邊用餐的氣氛壓力實在太大了，我每次走那一小段路，都垂頭喪氣，像一條落水狗。最後由阿嬤作主，我改去阿嬤家吃。平常我怕繼母怕得要死，當然也不會主動去爸爸家玩耍，於是我和爸爸更少見面，住同一條街，像鄰居般地疏遠。

我和繼母關係越來越壞，爸爸當和事老夾在我們之間也越來越難做人。或許爸爸也覺得虧欠繼母吧。我們家藏著許多秘密，當初為了娶繼母進門，我們也隱瞞了許多秘密。我被阿嬤下了封口令，阿嬤威脅我，如果爸爸沒有成功娶到繼母，如果我破壞了我爸的幸福，她要把我趕出門，於是我也成了沉默的共犯。

雖然不用到爸爸家吃飯，但過年過節，祭拜祖先的日子，大家都會聚集到伯母家祭祖、聚餐。記得，有一年除夕，堂哥堂姊都回來了，伯母與繼母在廚房裡合力準備好晚餐，繼母那天很奇怪，跑去樓梯口叫小孩下來吃飯，叫了堂哥、叫了堂姊、叫我姊，但唯獨漏掉我。我原本在樓上聽到她喊吃飯，已經準備往樓下移動，從三樓走到二樓，卻沒有聽到她喊我名字。讓我一時間僵在樓梯動彈不得。後來，伯母非常奇妙也來喊小孩吃飯，把我喊在第一個位置，我才解除了封印跑下樓。這些都是很隱密的細節，其他小孩都沒有察覺，只有我知道、伯母知道、繼母知道。

我爸當然更不可能察覺這些微小的情緒，雖然這種角力常常在他眼皮子底下發生，但他從來渾然不覺。他一直希望一家人可以住在一起，不要再分住兩邊，希望我和繼母都能各退讓一步，成就他一家團圓的夢想。我和繼母卻始終僵持不下，也許避不見面，才是一家和平相處最好的方法。我爸後來據說遷怒到伯父伯母身上，認為我住在他們家太久，把我養成了他們的小孩，害他骨肉疏離。事實上，當初我無家可歸時，是伯父伯母伸出援手收留了我，把我當成自己小孩看待。

高中我離開家，搬到男宿生活。我在高中圖書館找到三毛、鍾怡雯，我把她們擱在宿舍的書架上，晚自習結束，我就爬上階梯躲到上鋪，珍惜地讀著。即便讀到熟爛了，我還是願意被相同的字句安慰著，滋潤我的孤獨。三毛去了遙遠異國，雖然她最為人所知的是《撒哈拉的故事》，我更喜歡她的《傾城》。這本書沒有荷西，沒有幸福生活，只有她獨自在德國，穿梭在濕漉漉下著冷雨的柏林街道，人與人之間冷漠疏離，她每天啃著又冷又硬的黑麥麵包，翻開厚厚的教科書，苦學德文發音。這些描述孤獨冷清，苦讀的情景又和當時住在濕冷的宿舍、沒有什麼朋友、正在檯燈下啃書拚聯考的我相似，我因此迷上吃黑麥麵包，自以為很三毛。鍾怡雯寫家庭的苦悶，從小每天都在腦袋策劃離家出走，後來得到遠走高飛的機會，她再也不願意回去。她的散文總是處理著離家出走與回家的主題，那些發狠的賭誓、那些偽裝乖順的服從，都打中我的心事。她寫的文字就像我的嚮導，該怎麼在陌生的地方重新開始，該怎樣擺脫過去的束縛。那個家已經沒有我的位置了，我應該離開，想辦法打造一個自己的家。

我終於找到遠走高飛的機會，大學考上台北，從此我很少回家，原本寒暑假還會回去，後來只有農曆年我才回去，來去匆匆的，除夕傍晚祭祖前才姍姍來遲回到家，大年初一吃完中餐洗了碗就走人。到後來，我連過年都不回去了。父子關係在後來幾年，因為無數謊言、爭執、失望連番攻擊下，宣告破裂。好幾年，我們不再見面，連講電話也沒有。沒想到，我們最終仍然逃不過父子的劫數。

在父子關係還沒完全結凍之前，爸爸有一回難得上台北受訓，地點在石牌。我搭捷運從南港去找他，當時我和男友同居，但我也沒跟爸爸講。我也開始隱瞞很多秘密了。出了捷運站，立刻就感受到深秋的氣息，灰色水泥的捷運站，人行道上落著許多黃葉，賣燒仙草的攤子前排著長隊，小販掀開鍋蓋，撲起一陣香甜的白煙。我沿著人行道往前走，終於看到我爸。遠遠的，一個人穿著破舊的厚外套、縮著脖子坐在那裡。花白的頭髮，土黃的皮膚刻著滄桑的皺紋，我爸怎麼一下子變得這麼老啊？我忽然心痛了起來。我印象中的爸爸不是這樣的。我走過去，爸爸問我吃飯了嗎？我說還沒，爸你呢？他笑著說，受訓中心有供餐，他就在裡面吃了，反正不用錢。

我問爸爸，外面很冷，要不要去咖啡館坐？附近有家星巴克。他緊張兮兮說，那很貴欸！他搖頭說，說坐在這裡聊聊天就好，反正等一下他就要進去受訓中心了。我陪他在深秋的捷運站坐著，灰涼天色很快轉得更加陰沉，我們找不到什麼話題，耳邊只有細瑣傳來爸爸的叨叨絮絮，要我為將來打算……天色完全暗了，取而代之是城市的霓虹流光，人潮開始洶湧起來，好多人從我們面前走過。爸爸突然對我說了一句：「你阿姨也是很關心你。」阿姨，就是我的繼母。我點頭，客氣地說：「謝謝她關心。」我再度充滿防衛。我爸也察覺到了吧，吶吶微笑，就不多說了。他起身說，我要回去了，你也快去吃飯吧，多吃點，瘦成這樣，沒肉。

目送他走進軍營般的受訓中心，矮矮胖胖的身子奮力地往前滑。我站在門口悵然好久。耳邊彷彿響起歌聲，爸爸一邊開車一邊唱歌，容光煥發的神情。爸爸年輕時很愛笑，他有一張好看的臉，雖然身子不高，但整個人很有精神。加上嘴巴又甜，非常有女人緣。陽光笑臉的爸爸怎麼一下子變成一個總是滿臉憂苦、寡言悲觀的父親呢？我爸以前說過，我們家很早就家破人亡。後來他又建立了家庭，有愛他的妻子、兩個美麗的女兒。但他好像還是活在家破人亡的陰影裡，他總是說，我們家沒有辦法團圓。

我爸似乎被傳統父權主義「一家團圓」的觀念綁架了，他口中的骨肉分離、團圓，其實他是希望我們這些不同妻子生的小孩，都乖乖地圍繞在他旁邊。

我對父親的愛，因為他有了新的妻子而感到背叛，從此瓦解了對他的信任。離開小鎮的前一天晚上，我從房間的窗戶，望著同一條街不遠處的爸爸家，主臥房的幾盞燈光還亮著，輕巧明媚的歡聲笑語搖曳著窗簾，幾隻人影映在窗簾上，然後又跑開了，多麼完美的小家庭。我打算去到台北以後，就不要再回來了，想辦法留在異地，建立自己的家，不要再回來湊熱鬧了。

十多年後，我向家裡出櫃。我爸非常失望吧。我們對彼此都很失望。從此他過他的、我過我的，不再往來。

# 觀音偏頭痛

等我更大一點，阿嬤認為我應該有一間自己的房間，大人商討的決定是，要我搬去伯母家，接收小哥的房間。小哥那時已經搬出去，一個人住在新家。

我收拾了少少的私人物件，還有阿嬤幫我整理好的衣服，就搬到對街的伯母家。頭一次擁有自己的房間，這是我夢想已久的事情，不用再和阿嬤睡在一起，有自己一張單人床，床旁邊是書桌，房間門還可以上鎖，一個人躲在裡面，像秘密基地一樣。

這間房間採光非常好，站在窗邊，能不受遮蔽地俯視屋前一塊圍起來的野地，生機盎然茂長著許多綠色植物，陽光燦爛時，粉蝶在草叢中飛舞，非常美麗。這塊地不曉得是誰的，也沒有開發利用的打算，就這樣放著長草。

這間房間有個奇妙的角落，一面斜牆，不偏不倚朝著窗戶外面。潔白的牆上貼著一張水墨觀音描像，用簡陋的膠帶黏住，畫像描紙也許是受到香火薰染，有點泛黃脆化，增添些許古意。觀音貼在牆上，祂低垂的目光正好臨看著那座生氣盎然的小花園。感覺菩薩住在這裡也是風水寶地。

這是伯母每天膜拜的觀音菩薩，打我有記憶開始，伯母早晚都會進來拜佛誦經。那時小哥還睡在這裡，假日小哥賴床，伯母同樣破門而入闖進他房間，這是媽媽的霸氣，不顧兒子還在睡，就拉開窗簾，讓盛大的陽光走進來，小哥哀嚎一聲：「妳幹嘛啦！」然後用棉被擋著臉，繼續呼呼大睡。我是伯母的小跟班，她誦經時也讓我坐在她旁邊，我不吵不鬧，像一隻受佛法薰陶的小獸，聽著她喃喃誦經的聲音，像滑順的旋律。桌上有一只墨色的古香爐，上面勾勒著古代圖紋，十分樸拙雅致，燃燒著老山香，乳白色的香煙繞著空氣裊裊上升，升到菩薩垂視的眼前，隨即擴散於虛空，真是安靜的美麗。伯母合十低首，目光垂視桌面的一本紅色課經本，那是從寺廟裡請回來的善書，封面畫著觀音菩薩與善才童子，泥金大字寫著「白衣神咒」四字。

白衣指的就是觀世音菩薩。這首咒語流通非常廣，很多婦女都會唸，據說靈驗無比。每唸完二十次，可以塗一個紅圈，塗滿六百個紅圈，可以許一個大願。伯母唸完白衣神咒，還會誦心經、大悲咒，最後迴向給家人，尤其是外地讀書的姊姊哥哥，更是伯母心繫的對象。伯母做早晚課需要三十分鐘，這項功課她持續好多年沒有間斷。好久好久以後，我向她提起這件往事，她如夢初醒地說：「那是我當時最重要的精神支持！」那幾年，是伯母事業最成功的時候，意氣風發；卻也是她人生最黑暗的時期，情緒常常浸在黑色的水澤裡。

四十初歲的伯母，經營著一家小型幼稚園，雖然規模不大，招收的學生卻從不間斷。風評很好的幼稚園，沒做大廣告，靠著家長口碑相傳，在小鎮也闖出響亮名號。每回出門，大家都喊她林老師，真的很風光。她有自己的名聲，並非委身在夫姓底下沒沒無聞的女人。憑著才能與努力賺進許多錢，買東西自掏腰包，不必向丈夫拿錢，穿著剪裁美麗的套裝，燙著簇新亮麗的捲髮，顧盼自如，得意風發，就像新時代女性一樣。

可是她這一代的女人的處境卻有點尷尬，上面有著傳統的婆婆，還保有傳統的「媳婦應該如何如何」的思考限制；但伯母受過高等教育、經歷婦女運動的啟蒙，知道女人不該限縮在家庭裡，應該還要追求理想、實現自我。傳統與自我，兩股力量不斷在這一代女人內心拉扯，尋求平衡。

但我其實也發現一個很奇妙的矛盾。一個女人只要生過小孩，她之前有再多的堅持，也會因為小孩而消融，轉而與傳統家族觀念靠攏。擁有三個小孩的伯母，為了小孩在家族社會能順遂成長，其實讓她更傾向傳統一點。這也是那一代媽媽女性的普遍現象。

伯母有自己的事業，在事業上叱吒風雲，但過了下班時間，她又從女強人變回灰姑娘，換下套裝，圍上廚房圍裙，又趕緊跑去對面婆婆家煮飯，有時候遲了一點，還會被婆婆擺臉色看。上班時間，她統領天下，指揮發落幼稚園的大小事，下班時間，她又變成乖巧的媳婦，唯唯諾諾聽從婆婆的指令，婆婆說什麼就是什麼，即使有意見也不敢違逆。伯母常常煮完一桌菜，卻沒留下來吃飯，便自個兒溜回對面的自己家裡，一邊看電視一邊享受自己隨便弄的輕食晚餐。她事後坦言，在婆婆家吃飯太痛苦了，一個人吃飯比較自在。

婆婆不斷找碴，又加上我阿嬤是一名迂迴的婆婆，她從來不直說她的不滿，而是迂迴地在伯父的耳邊抱怨。這一招很有效，所以阿嬤習慣用這招，形成了惡性循環。每當我看到伯父為難地從阿嬤家回來，我就覺得事情不妙了。阿嬤嫌伯母不顧家、太愛往外跑、外務太多，林林總總看不順眼。阿嬤沒有受過教育，她的生活範圍很小，家庭、菜市場，最多去幾個老姊妹家裡串門子；伯母有自己的事業，還喜歡上課進修，學刮痧、國畫、書法、插花，讓自己的生活更寬闊。阿嬤的不順眼裡頭，也許有著嫉妒吧？嫉妒新一代的女性可以有自己的生活。於是她想拖住媳婦也乖乖待在家裡，不可以往外跑。

那幾年，伯母常無故偏頭痛，怎麼樣都找不出原因。彷彿腦漿鈣化成石頭，僵硬沉重，並且有無數冤親小鬼拿著尖錘猛力敲擊她的頭殼，糾纏不清；有時更劇烈的頭痛，還會產生耳鳴，像是有人拿著電鋸割開她的腦殼，承受著無聲的凌遲。每當我看到她一個人懊惱地坐在客廳椅子上，眼睛疼痛地閉起來，我就知道，要趕快躲回房間，否則在她眼前出現，我也只是礙眼而已。一個偏頭痛的人，看任何人任何事都會不順眼。我有這種危機意識，所以我都知道要趕快閃。這並非放著她不管，而是另一種體貼。

我們已經很習慣聽伯母哀嚎她頭痛。她也積極尋求治療，西醫中醫，刮痧、針灸、拔罐、推拿、中藥調理都試過了，普拿疼也隨時備著，但偏頭痛像是冤親債主一樣陰魂不散。她總是拿著刮痧棒，痛苦地抵著太陽穴，試圖按摩放鬆，卻沒用。有人曾經冷嘲熱諷，皺著眉毛瞧著她，嘲諷道：「我看妳人就好好的，也沒怎樣啊，是不是在裝病？」伯母又懊惱又生氣反擊：「頭痛是痛在頭殼裡面，又不是傷口。怎麼可能看得出來！」

在那段伯母最不開心的日子，生活壓力與身體病痛，輪番折磨著她。我曾經在化妝台的抽屜裡，看到兩支空針。細細的金屬針頭，像是不懷好意的兇器。伯母對我說，她只要把空氣注進她的血管裡，讓空氣堵住她的心臟，她就會死掉。伯母半是開玩笑又半是認真，向我描述謀殺自己的計畫。陰暗的房間，只有一點點室外光線滲進來，我們都站在陰暗裡。伯母聲音幽幽遠遠的，我好害怕她真的這麼做。

那陣子我也變得慌張，只要發現她一個人待在房間，我就覺得那間房間淹了洪水，黑暗的洪水即將淹沒一個不快樂的女人。可是我太笨了，我不知道救她的方法。我只能想像，黑暗的房間會從天而降一粒光珠，光珠幻化出更多光明，光燦燦中浮現觀音菩薩的真身，我觀想著菩薩，解救頭痛欲裂的伯母。

我曾經向伯母問起，那尊觀音畫像是怎麼來的？伯母說那是很特別的緣分。她有天在門口掃地，發現馬路上有一張舊報紙，拾起一看，底下刊了半版廣告，關於某地某寺要舉辦水陸法會，觀音像就印在上面。伯母覺得很有緣，就把報紙撿回家，把觀音請下來，成為她每天膜拜寄託的對象。

朝唸觀世音，暮唸觀世音。伯母不間斷地誦經、祈求，把信念投注在這幅畫像上，觀音垂眼，彷彿真的聽得懂她。關於女人的掙扎，關於爭吵的婚姻如何維持，關於婆媳，關於對子女的牽掛，這些願望與慌亂與恐怖，都在早晚的膜拜中交託了出去，在誦經的過程中鎮定了下來。生活不容易，觀音成了伯母那幾年唯一的信念與支持，在崩毀中一次一次升起信心。傳說中，觀音會救拔苦難，助人脫離苦海，這幅觀音也許就是伸出援手，拉著伯母慢慢離開情緒的黑海。

我搬進小哥房間後，也像住進佛堂裡，每天為菩薩擦拭桌子，奉茶、點一炷香。住在這間房間裡，日子變得悠長，夕陽透過窗櫺照入房間時，映在菩薩的臉上，光中金色的塵埃紛紛滾滾，常常讓我錯覺我是不是好幾世都在做同樣的事情，前生的記憶，今生的注定，我都是在佛前服侍的人。這尊菩薩，也成了我的信念。

後來大環境改變，伯母收掉了幼稚園，她似乎也找到了委婉的方法，與家庭取得和諧。哥哥姊姊們各有成就，開始工作，伯母不再需要那麼牽掛他們了。伯母解除了沉重壓力，多年的偏頭痛不藥而癒，開始會笑了。

這時，發生了一件小事。那幅貼在牆上的觀音畫像，竟然像落葉一樣輕輕墜落下來，躺在地上。我們發現時都很驚訝。這是日久年深，膠帶失去黏性，不過是物理現象，不需要大驚小怪，但我們還是多情地把祂解釋成神蹟：菩薩完成任務，回去南海了。伯母珍重地把祂撿起來，沒有再把祂貼回去，而是找了一個相框，把菩薩收藏起來，成了紀念。那段人生最黑暗的時光，終於也過去了，黃昏的夕照，疏落的金色光影，溫柔地落在那面空白的斜牆上。

# CHAPTER 3

## 西螺

## 青春物語

# 初戀

我大概是被她打躲避球的英姿給迷住了。

球場上，她把運動服袖口拉至肩胛上，露出光亮汗水淋漓的手臂，她揚起手臂指向天空。她接住球，如鷹的銳利雙眼設定目標，擲球，黃球像發光的流星劃過球場，輕巧地落在地上，彈起清脆好聽的乒、乓聲……好球！裁判哨子一響，場中跑出個懊惱的悍將，敵方又戰死一名！全場歡聲雷動！她曬著陽光的臉上漾起微笑，眼裡有光，晶亮的汗水從額前滴落。

我站在場邊，望著那個帥帥的女孩，她和別人很不一樣。別的女生總是綁著馬尾、辮子、梳公主頭，但她永遠剪著帥氣的短髮；別的女生說話聲音會流出甜甜的豐年果糖，遇到不想做的事情總會用撒嬌攻勢，希望有男生可以自願幫忙，但她完全不這樣，她的聲音很厚、有安全感，遇到粗重工作，她仍然站在一群男生堆裡等著被差遣；她白白的皮膚很秀氣、但常常不耐煩翻白眼。下課時間，別的女生都要小團體似的呼朋引伴上廁所，但從來沒人找她一起上廁所。

我忘了是怎麼開始和她交上朋友的？她體育好，但功課差；我體育差，功課其實也差但比她強一點。我應該是常常讓她抄作業、小考作弊，所以才能跟在她身邊。雖然考卷發下來時，她常常傻眼，對我亮出滿滿紅字的考卷，翻白眼看著我。抄我的答案，結果不見得是好答案。我羞赧合掌，拚命道歉，連聲保證下次我會認真。

我不可靠，我沒主見，我很容易悶悶不樂好久；她可靠，她總是像吆喝小囉囉一樣指揮我，她可以和人吵架但沒多久又嘻皮笑臉玩在一起。我們兩個是天差地遠，可是我們整天混在一起。可能我的愛意太明顯了，連老師、隔壁班老師都知道我喜歡她，常常開玩笑逗她：「妳男朋友咧？」她皺眉沒好氣地說：

「吼，他好噁心！」學校禁止學生談戀愛，但我一天到晚追在她後面，老師也沒意見。

班上有很多小團體，我和她混在同個小團體裡，裡面有個梳公主頭的甜美女孩，「我女朋友」總是特別溫柔照顧她。我是不會吃醋啦，我和公主也是好朋友。下課我們混在這群女生裡面，討論昨天的連續劇、流行音樂、一起唱歌。但忽然有一天，公主非常嫌惡我女友。女友從此進不來這個小團體，她一個人混進另一個男生圈子，下課都和他們去合作社，或打十分鐘激烈的走廊躲避球。女友常常塞紙條給我，要我轉交給公主。我照做，但公主從來不收，並且露出厭煩的神情。後來我像和事老探口風：「妳幹嘛不理她？」、「妳不要生氣了啦……」公主抿著嘴不說。

有天下課，女友把我拉到一邊：「放學後來我家找我。要出任務！」要出任務？我目瞪口呆。星期三，小學生只要上半天課。我匆忙騎上腳踏車，衝去女友家外面喊她。等了好久她才出來，我先陪她去鎮上的電器行，在那裡她掏出兩張藍色千元大鈔買下一台隨身聽，然後我們去了公主家。

公主的媽媽是美容師，下午不在家，家裡只剩公主和她弟妹。她鎖著紗門不讓我們進去，我們只能在騎樓苦等，一個小時、兩個小時，直到我要補習了，只好先走。隔天上學，公主臉很臭，我遞給公主一罐麥香紅茶賠罪，公主嘆氣：「這個紅茶她叫你拿來的？你不要再幫她跑腿了！」公主的臉真的想殺我，又一臉同情。嗚嗚，她怎麼知道？女友拿了二十塊給我，要我跑一趟合作社，買一罐飲料給公主、一罐我自己留著喝。我才不會花錢買飲料請公主呢。

那台隨身聽始終沒有送出去，我也搞不懂她們兩個之間有什麼深仇大恨？她寫了無數的紙條、信件都被公主丟掉，也不讓我看內容。下禮拜三、下下禮拜三，一整個夏天的禮拜三，我都陪她去找公主賠罪。我們像傻子守在「城堡」的屋簷下，公主在尖塔上吹冷氣睡午覺。

那時，常常下起午後雷陣雨，滂沱大雨像重重帷幕把我們困在屋簷。我趴在公主家門口旁邊的鞋櫃寫功課，寫完再借女友抄。我們用同一條耳機，一邊給她、一邊給我，聽周蕙的〈約定〉：「遠處的鐘聲迴盪在雨裡，我們在屋簷底下牽手聽……」我偷偷笑了出來，覺得這首歌就像我們的處境，女友彷彿看穿我的心事，瞪我：「你不要給我在心裡想噁心的東西喔！」然後她又望了一眼門禁森嚴的紗門，推我的手：「你再去幫我問問看？」

我其實很想告訴她，不要再等了，我們這麼做，很變態。

後來，班導師知道了這件事，把我和女友罵了一頓，還通知家長，然後爆出案外案，原來買隨身聽的兩千塊，是女友偷媽媽的錢。

也許這段關係徹頭徹尾都不是初戀吧。她愛的是公主，但公主無法接受她的示愛。而我呢？我也沒愛過她，我愛上的只是她身上那一抹男孩的氣質，我真正愛的，我當時還無法啟齒、甚至還在摸索，我愛的是男生。我喜歡她，是因為她很像男生，卻同時是生理女性，所以我的愛透過迂迴的方式「合理」了。

我們兩個是時代的邊緣人，相伴走過一段貧瘠的時光。

後來，我和女友進了不同的國中，從此斷了聯絡。緣分很神奇，有緣分就會常常相遇；沒有緣分的我們，在小小的鎮上，從來沒有再遇見過。

高三那年，我推甄上台北的大學，即將離開小鎮。當時我已經清楚自己喜歡男生，而我始終隱瞞這個秘密，我知道一定要等到我上台北才能出櫃，我的戀愛會在遠方的城市實現。

是上天的慈悲嗎？那天，我揹著高中書包從公車站出來，正要牽腳踏車回家。我解開車鎖，抬頭卻看見她跨坐在一台摩托車上，帥氣地對著後照鏡撥弄劉海，一個高職女生從公車站衝出來，尖叫地抱住她的腰，兩個人熱戀似地滿臉笑，然後女友發現了在旁邊彎腰、手裡還捏著車鎖的我，與我四目相接。

那一刻，時間好像暫停了。她有點吃驚，我靜靜看著她。她帥氣地挑了一眼眉毛，她的女伴已經跨坐在她身後，緊緊摟住她的腰，她們沒有戴安全帽，引擎催落，就不見身影了。她，她無照駕駛吧？

我騎著破舊的腳踏車晃回家，心裡好快樂，她還是這麼帥。她徹頭徹尾就是一個T，她從小到大都沒有隱藏過她的愛，即便被說是男人婆，她也是哈哈大笑，不像我畏畏縮縮的。

我還記得，國小時，總有惡劣的男生擋住我的去路，扮鬼臉學我：「娘娘腔~娘娘腔~」她就像在球場上的英姿，擋在我面前，為我接住一顆球，眼神兇惡放光、吼著聲，跟人對嗆：「關你們屁事啊！你們再說一次試試看！閃啦！」

盛大的日光照亮教室白色走廊，她舉著紅色掃把與人對嗆的樣子，在我面前發光。

# 白霧

我戴上毛織手套，騎著腳踏車，穿過起霧白茫茫的街道，往熱鬧的市場騎去。我一邊騎腳踏車一邊打呵欠，昨夜的殘夢還沒蒸發，我的後腦勺冒著熱煙。那陣煙也許就是漸漸遺忘的夢。

冬日的小鎮清晨，街上沒什麼人車，而我必須早起趕到公車站，搭乘六點五十分早班專車到鄰鎮高中上課。

我停好腳踏車，上鎖。抬起頭，我的好友K和他的女友靠在牆邊聊天，K的一隻手，藏在後面，越過書包、越過女友的腰間，遮掩地摟著她。K帥氣地對我點了一下頭，我也跟他們打招呼，然後我就進去車站裡面幫K占位置。

K和女友國中就開始交往了。

當時，國中生談戀愛是死罪，被發現會很嚴重，導師還會叫雙方家長來學校。保守的年代、保守的小鎮、保守的升學班，談戀愛等同通姦。女孩子一夕丟了名聲，節操也沒了（只有牽手而已），女方會變成老師眼中「隨便」的女生。家長向導師道歉，就怕導師不高興，把女兒踢出升學班。導師坐在沙發，手裡捧著一杯熱茶，熱氣霧白了眼鏡，等到眼鏡褪回原來的光亮，導師才幽幽地開示：「班上同學都在討論他們的事，變得很浮躁，就要大考了，如果他們還留在班上，大家還有心情讀書嗎？……」家長嚇得都要跪下來，喃喃喊著：「拜託、拜託老師……」

幸好，K和女友的戀情隱藏得很好，沒有被發現過。國中時，我們三個都在同一班，K常常叫我幫他傳紙條，我是他們的煙霧彈。我在班上跟女生非常親密，像姊妹淘一樣下課混在一起。除了她們上廁所我不能跟進去之外，上合作社啦、搬作業啦，並肩與女生走在一起，老師也見怪不怪。有一次，我生日，幾個女生去夜市買了一條搞笑的四角褲送我當禮物，我三八叮噹把它當成好笑的事，寫在週記簿上和導師分享，沒想到導師大為發火，在課堂上把我們臭罵一頓，認為我們有失男女界線。但我和女同學都覺得，我們之間並沒有界線啊。

在我掩護下，K的戀情不容易被發現。我和女同學在陽台聊天，K來找「我們」聊天，我識相地戴上耳機。K把愛心早餐交給我，我轉交給她。K把情書寫好，也是我轉交。女友午休抱著睡的那件運動外套，也是K要我轉交的。

那時，我們最奢華的玩樂，就是段考過後同學相約去斗六玩。斗六可好玩了，火車站前有縣內唯一的麥當勞，那是城市的食物，代表著人類的文明！還有屈臣氏、佐丹奴、亞洲唱片、三商巧福、金石堂，光是一個火車站商圈，我們可以玩樂一天。

K也想找女友去斗六約會，那個週末，K搭了前一班的公車去斗六，我陪女友搭下一班公車。他們怕被老師發現，特別錯開公車班次，搞得跟諜戰一樣緊張。到了斗六，K就跟女友走了。我自己一個人在城市晃悠。

〈我知道你很難過〉。我在唱片行聽到這首歌時，心情跌得好差：「愛一個人，別太認真，你何苦讓自己越陷越深……」我滿腦子想到的，是K在籃球場打籃球的樣子；我想到他午休時的側臉；我想到他寫字的手腕，一直連結到他結實的二肱頭肌肉；我想到我們下課一群人圍在一起聊天時，我和他擠在同一張椅子上，我身體會偷偷地往旁邊擠，想要分享他的溫度。

後來，孫燕姿也發行一首歌〈我也很想他〉：「我的愛情比你早，卻一直放在心上。」我一直把這份感情放在心上。我知道，一旦這個秘密被別人發現，我就會死無葬身之地，我會變成噁心的人。

國中畢業，K和我上了同一所高中；他的女友成績比較好，考上第一志願。於是他們開始「遠距離戀愛」了。短短清晨候車時光，有白霧的遮掩，他們在公車站偷偷約會。我耐心地等待，等到快發車了，K就會回到我身邊。

兩台公車在月台等候，我和Ｋ上了其中一台，我永遠會幫他占位置，因為我想要他坐在我旁邊。他像是累了，對我說：「我補眠一下。到了叫我。」一雙手往胸前一抱，就歪著他那顆好看的頭，沉沉睡去。只有這一段時光，是屬於我們的，白色的霧氣將我們包圍起來。我多麼希望，這個好看的頭可以靠在我的肩膀上。

# 水邊招魂

小鎮居民對於紅色大橋下的濁水溪，既尊敬且畏懼，阿嬤常告誡我：「不要去水邊。」

每年炎夏總有小孩子溺死在濁水溪裡，看似淺水的溪流暗藏殺機，肉眼難以看透的流沙、漩渦，彷彿有鬼躲在溪底。貪涼的小孩騎著腳踏車來到溪邊，被潺潺發亮的溪水魅惑了，赤腳踩入，就中了抓交替的陷阱。溪底是濕軟的沙泥，會吞噬人身，越是用力掙脫，越是陷得更深，像有千隻手在泥沙底下拉扯你，祂們終於等到活人來跟祂交換了，祂非要把你拉入陰曹地府，交換你的陽壽，泥沙吞噬肉身，水面靜靜冒出最後一顆氣泡。

夏天入夜之前，我們依舊在傍晚的堤岸散步，風吹來濕黏的熱風，指尖搓揉時會流出暗紫色的光澤。傍晚的色澤是這樣的：紅色、橘色、暗紫色，最後是全然黑色降臨。我聽到獵獵作響的風中，傳來割裂的哭聲，從不遠處的濁水溪岸邊發出悲音，那聲音一開始是濕的，接著變成乾的，眼淚都流乾之後就只剩下喉嚨的乾嚎，像狼一樣叫。又有人溺水身亡了，大家都不忍去聽那可憐的哭聲。我聞見焚燒冥紙的氣味，濃郁的、乾燥銀箔被火光吞噬揮發的氣味，空中揚起了焚燒的火星，像流金一樣飄浮在空中，往西方飛去。

夜就這麼暗下去了，我們散步結束從堤岸下來，正巧碰上招魂的隊伍要返回喪家。黑暗中首先出現的是黃衣和尚，搖動手上的銅鈴，吟唱悲苦的魂曲，要傍徨的黑影一路相隨，莫要走散。撐著黑傘的人、捧著彩色蓮座神主牌位的人跟著後面，垂著頭，一步拖著一步，舉著帶引魂幡的人默默走在旁邊，帶葉竹枝垂掛白絹，晃過我眼前，我瞄到一句：佛力超薦。平常時看到「佛」這個字，總是滿心歡喜、心生光明；但在喪事上看到「佛」，卻會心生荒涼，彷彿撞見幽冥世界的權威教主，愁容閉眼打坐，身邊流滿了白色乾冰，準備審判亡者生前的善罪，令我畏懼發寒。

我們無語地看著這支隊伍迎上來，竟來不及閃避，只好一行人轉身背對他們，心裡冒出驚嚇的白泡沫。天花亂墜，天空落下一張一張黃色的冥紙，砸在我們頭上、身上，有人往天空拋撒冥紙為亡魂買路，過河過橋過道，過到另一個世界。銅鈴聲越來越遙遠了，我們才慌亂繞路回家。

那個溺水的人我認識，他是我學弟。國小四年級，禮拜三下午的事。隔天的升旗典禮，教務主任、校長輪番上台說教，先是痛罵、後來他們自己都痛哭起來：「就跟你們說，放學回家不可以往溪邊去。濁水溪不可以玩水。你們為什麼就是不聽！」他們祭出嚴格的處罰條例，避免憾事再次發生。那時候，我站在廣場中，心裡其實很納悶，又不是我們去溪邊，罵我們、威嚇我們幹嘛？

我當然不會懂得大人的心，也許這些老師是在自責沒有教好學生；他們也為人父母，同理痛失小孩的心情；把這份情感再放大一點，鎮上一個小孩意外不見了，被溪水帶走，鎮上聽到消息的人，不管認識或不認識的，多少會感到哀傷不捨吧。

那天發生的事情是這樣的：星期三，國小只上半天課，他們騎著腳踏車在小鎮晃悠，正午毒陽烤得每個人的後頸焦黑發癢，也許是某個人忽然提議的，去大橋下面看看。那自認為學過游泳的男孩，扔下腳踏車，率先跳進溪水。浸在冰涼溪中，後頸的烤痕被流水療癒，眼前遼闊，比去游泳池泡水還刺激。他想往溪央更靠近，卻發現腳下不對勁。他回頭向岸上同伴求救，全部的人還以為他在耍帥跟大家打招呼呢！

當大家發現不對勁時，已經來不及了，也沒有人敢下去救他。比較機靈的小孩，趕緊跨上腳踏車往回衝，找在溪邊種西瓜的大人求救，喊破喉嚨喊：「救人啊！救人啊！」等到消防局派員、家長、救護車、熱心民眾圍在岸邊時，浮上來的，是一具肚子脹水的屍身。

那幾個出事的小孩，被家長拎著，走進喪家的帳棚捻香道歉。失去小孩的媽媽，幾乎哭暈過去。這件事不曉得要怪在誰的身上，但又想找個藉口好好痛罵一場。不要去水邊，不要去水邊，這句威嚇的告誡，就像一句咒語安貼在每個小鎮孩童的額頭上，成為我們集體恐懼的潛意識。

騎著腳踏車，在街上晃了一圈又一圈，等到晃到一百萬圈時，我們就會長大成人。當年那些小孩，現在有的也提早當爸爸了，在市場擺水果攤、或小吃攤營生，有妻有兒，時間沖淡哀傷，又似乎很難忘。那些來不及長大的小孩，我總覺得他們還在街上騎腳踏車，一圈又一圈，在另一個灰色空間裡晃悠，沒有長大。

# 工地脫衣秀

小鎮的住屋幾乎是透天厝，獨棟獨戶，三層或四層，整棟是自己的，而且家屋空間配置都很像。一樓騎樓兼當車庫，進去是客廳、後面是廚房，二樓是主臥房、小孩房間，沒人住的三四樓往往是儲藏室或神明廳。若是家裡長輩還健在，孝親房往往設在一樓，樓梯旁的小房間雖然位置不好採光不佳、很有委屈長輩之嫌，但其實都是體貼，讓長輩起居免去爬樓梯之苦。

不管或富或窮，鎮上沒有人想住在公寓大廈。我爸就常笑城市人：「住在像鳥籠的大樓，你的天花板是別人的地板，被樓上踩在腳底下，不是很難受嗎！」語氣頗為自豪，大家都喜歡住透天厝。

住在透天厝確實不錯，每間房間都有對外窗，採光好，寬敞大方。夏秋晚上，夜涼如水，我們都會搬出簡便椅子、折疊茶几，在自家門口乘涼，街上鄰居、或住附近的親戚都會過來泡茶。大人談著別人家的閒話，我也在旁邊偷聽。

我好愛聽別人家的閒話，每當他們說到關鍵處，就會有人打斷：「囝仔在這裡，不要說。」另一個想聽的，就會說：「囝仔人聽不懂啦。」我便會立刻切換臉部表情，裝出一副懵懂臉。他們全望著我的臉，然後鬆了一口氣繼續剛才腥辣的內容。那些故事真好聽，我聽著別人家的閒話，也暗暗警惕自己，長大以後千萬不要有把柄在別人手裡。

住透天厝最讓人想死的就是清潔工作，像我們家四層，光是拖地就要花上一個上午，西螺又多風沙，一個禮拜就得洗地一次，否則風沙積上來，在家赤腳就會像走在沙灘上。在手機還不普遍的彼時，剛開始家裡只有一支家用電話，若有人打電話來，樓下的人接電話，就會對著樓上大喊：「誰～電話！」樓上的人就咚咚咚衝下樓接電話，實在是很麻煩的事情。

就在某一天，我們發現一件不得了的大事：這條街上，居然圍起了一塊地，建商宣告要蓋大樓！雖然我們很懷疑，誰會想住在大樓裡面，但我們樂觀其成。歷時兩年，高聳的大樓果真蓋成了。外觀花崗岩貼面皆已完工，裡頭還是毛胚屋，一樓就趕緊開闢出一間展示中心，擺上大樓模型，開始銷售。

這棟大樓出現在小鎮，成了小鎮的最高樓，為小鎮的天際線帶來新氣象，大家心情都很興奮，莫名地與有榮焉，感覺我們也要跟著進入城市文明。只要隔壁鄉鎮的朋友來，我們都會帶他們來見識這棟大樓，自豪地展示本鎮的進步與氣派。

民國八十幾年，台灣盛行工地秀，大樓建商也請來了電子花車，準備熱鬧一番。中午時分，大家都還在吃午餐，有一台改裝過的電子花車便駛進我們街道，停在大樓前的路邊。我跑去看，整台車金碧輝煌的，車的後斗是一座小舞台，舞台前有個小欄杆，整台車空無一人，連司機都吃午餐休息去了。舞台的後方有一道門，通往深深的車廂後台，我看著那黑漆漆的洞，覺得裡頭飄出死亡的氣味，好像有什麼東西死掉腐爛在裡面，發出陣陣惡臭。明明是正午豔陽，我卻被自己的幻想弄得全身發冷，立刻轉身跑回家。

傍晚，太陽弱下去，微風也開始涼爽起來。我們這條街開始熱鬧，電子花車前施放好多沖天炮，預示秀要開始了。人群越聚越多，電子花車舞台忽然轉動起七彩燈球，斑斕地放出光芒，舞台深處突然發出一聲嬌媚又高昂的尖叫，走出一位雙手張開，渾身羽毛亮片的女主持人，工地秀正式開始。

後來，那扇門跑出一個又一個漂亮姊姊，唱完一首歌，又退了進去，再出來亮相時，身上衣服就脫掉了，只剩縫著珠簾的胸罩、三角褲。款式奇特的內衣有遮等於沒遮，遮起來的部位反而更引發遐想。唱快歌熱舞時，縫在胸罩上的珠簾眼花撩亂地在我面前晃動起來，三八叮噹的女主持人還會不時在我們面前，玩鬧地拍打歌者的屁股、掐她們腰間肉，笑得花枝亂顫。台下的瘋狗見狀，也會吹口哨跟著興奮起來。我眼睛放光著，仰望這些姊姊的美麗，白白的皮膚、柔軟的肚子，但當我又看到她們身後那扇不懷好意的門，我又會感到害怕。總覺得那些姊姊一旦走進去，就不會再出來了。她們會被殺死，然後腐爛在車廂裡面，從那個黑洞飄出臭味。

那天展示中心塞滿了人，業務們個個眉開眼笑，嘴巴拚命地動、手勢不斷在空中揮舞著。鬧到快七點，天色整個暗下去了，工地秀的歌舞才唱完。那位渾身亮片的女主持人，臉上的妝都花了。她笑喘著氣，感謝大家掌聲，又說了一些吉祥話，然後說：「我們有緣再相會！」

電子花車的引擎忽然發動起來，排氣管噗噗噗衝出黑煙，整台車震動了起來。黑夜裡的七彩燈球還在轉，電子花車慢慢開動駛離。於是我看著炫惑迷魅的燈車，越來越遠，越來越遠，晚風裡有人淒厲又愛嬌地喊著：「再見！大家再見！」她們離開後，街道隨即恢復漆黑，似乎又更黑一點。那些歡樂、那些笑聲噬入在夜風裡，如夢似幻，恍如幻夢一場。

# 去街仔吃麵

大清早，菜市場麵攤生意特別好，大家喜歡吃豆菜麵當早點。

果菜市場最忙的時段是清晨，也是仰賴蔬果貿易的小鎮一天最熱鬧的時刻，很多「菜車」必須來這裡採買。菜車是由小發財車改裝而成的行動販賣車，車廂塞滿當日蔬菜、米麵油醬，甚至還有少量肉品，開往農村偏鄉庄頭，沿途放送，提醒那些住三合院的阿嬤，可以走出來家門口買菜、買民生用品。

果菜市場對面有一排麵攤，就是菜販吃早點的地方。熱鬧的攤子，熱湯、大白煙，大家搓著手進來，叫一碗麵、一碗餛飩湯或肉羹湯。

嫁到台中的姑姑，每次回來探親，都嘴饞想吃豆菜麵。姑姑會揪阿嬤一起去。

阿嬤說要去，我們這些兒孫也會舉手響應。好幾台腳踏車，全部出動，大的載小的，陪姑姑阿嬤去吃麵。這時候很有趣，大家都出門了，但媳婦通常會留在家裡，藉故不去。

這是人情微妙的地方，姑姑回來娘家，阿嬤心花怒放和女兒有說不完的細事。媳婦都會巧妙避開，讓自己待在不顯眼的地方，不打擾「別人家」的親情，這是每個媳婦都會懂得的人情義理。

姑姑是阿嬤唯一的女兒，母女心性特別像，個性相似的人好像容易情同意合，但也容易衝突。愉快時很愉快，但吵架時也可以完全斷絕來往。

她們吵架時，姑姑變成可怕的關鍵字，不小心在阿嬤面前提起，阿嬤就會翻臉。一路罵到底、翻舊帳，總歸一句就是，女兒沒有尊重這個老母，老母也不用管這個女兒了。

姑姑和阿嬤吵架，最倒楣的就是我伯父跟我爸，他們要居中協調當和事老。伯父就會載我們去台中找姑姑，百般勸她：「老母只有一個。母啊的個性妳又不是不知道。妳這個當女兒的，就讓讓她。母啊也在等妳回來吃麵。母啊，心內最疼妳。」

其實我不清楚姑姑跟阿嬤是怎麼和好的？總之會有一個徵兆，如果哪天阿嬤買了一袋紅龜粿放在桌上，我就知道姑姑肯回來了。姑姑愛吃豆菜麵，也愛吃紅龜粿，紅豔豔扁平的糯米餅，裡面包著花生糖碎，軟Q的紅龜粿一口咬下能像麻糬一樣牽絲拉長。只有姑姑回來，阿嬤才會買。

姑姑回來當天，阿嬤就盼啊盼，不時要阿公打電話去催，是出發回來了沒？沒有手機的年代，無法隨時聯絡，阿嬤懸著一顆心，直到姑丈的車子停在門口。

姑姑都回到家門口了，等了半天的阿嬤反而躲進後面廚房，直到姑姑進門，對著後頭喊：「媽，我轉來呀！」阿嬤才悠悠走出來，一臉不在乎的模樣。阿嬤是要排場的人。

怎麼也想不到，從小黏著阿嬤的我，長大以後居然也沒辦法跟阿嬤相處。（因為我們也很像？）分開的時候，思念著對方，可是一見面又不高興。我們也是吵吵鬧鬧，彷彿當年姑姑阿嬤的劇情重演，誰也不讓誰。我沒有見到阿嬤最後一面，我回去的時候，家裡已經在唸阿彌陀佛了。

治喪期間必須吃素，但我超討厭吃素食便當，每到吃飯時間，我就溜去街上吃麵。

小鎮的豆菜麵，實在一絕。黃油麵在炊籠上蒸熱，乾乾爽爽夾到淺碟上，擱一點韭菜、一點豆芽菜，淋上醬汁跟油蔥酥，這麼簡簡單單，卻發出誘人的香味。吃了一盤，又會忍不住追加一盤。

這樣的美味，我從小吃到大，小時候我很「高怪」，家裡明明有煮飯，我卻鬧著不吃。最後阿嬤會拿出五十元紙鈔，叫我去街上提麵，我竊喜得逞，騎著腳踏車去買珍奶跟豆菜麵。

三十多歲的我，竟然還是一樣高怪。治喪期間，不好好按照規矩吃素，非要吃自己喜歡的。

是不是被阿嬤寵壞了？阿嬤在天之靈，是否會怪罪我沒為她吃素祈福呢？還是，她依然會縱容我，會疼愛地說，去街上吃麵吧，去尋找你所愛。

記得，阿嬤還在的時候，好幾次我跟男友開車回來鎮上。我們把車停在離家不遠的路口，遠遠看著熟悉的老家，但就是沒有下車。我其實很想牽著男友的手，帶給阿嬤看。告訴阿嬤，不用擔心我了，我不是孤單的人。

心裡所想，但我不敢這麼做。那時阿嬤已經很虛弱，不能再讓她情緒有波動。車子萬般猶豫地停了一陣子，又靜靜離開。

我也帶著男友去街上吃麵。他也是愛上豆菜麵，看著他吃得那麼開心，我不禁笑起來。帶著心愛的人，回到我居住過的小鎮。他喜歡這裡的食物，認同這裡的口味，好像也就願意成為這裡的人。

即使，沒有辦法踏進家門。可是，有帶他去街仔吃麵，我們也算是回家一趟了。

本文刊於《中華日報》

# 春天水潭

讀國小時，我和班上女同學走得比較近，成天混在女生圈裡。班上男生和我非常疏遠，他們下課聊四驅車、戰鬥陀螺我都沒興趣，他們討論昨天的棒球賽，我也沒辦法加入討論，我甚至連棒球比賽規則都不懂。和女生在一起我自在多了，聊昨晚的八點檔劇情、拿著歌詞本哼唱梁靜茹孫燕姿蕭亞軒最新情歌，還有更新她們感情進度，有時我還能跑跑腿，幫忙她們傳情書給男同學。

我很狗腿，用盡各種巧言令色諂媚話語討好她們，偶爾摩擦拌嘴受了氣，我也只敢悶悶地吞下去，不敢正面與她們衝突。我始終擔心她們哪一天把我驅趕出去，不再讓我加入這個蘊含香氣與溫柔的小團體，我恐怕就會變成班上的邊緣人了。我全心全意融入她們，但我又時時驚醒，因為生理構造意識到自己始終與她們不同，她們會不會哪天也驚覺這件事啊？發現天鵝圈裡居然混著一隻不同品種的醜小鴨，發現我們是如此不同。其實在意識到這件事的那一刻，我就覺得自己裡外不是人了，我既無法融入男生圈裡、也無法全然成為女生的一分子，我到底該去哪裡？

我的閨友小魚、阿春、玉仔，各有各個特色。小魚有一頭烏溜的長髮，她隨身總是帶著一把尖尾梳，扁扁的密齒梳子，尾巴尖尖像一根髮簪。下課聊天時，她總是一面說話一面梳頭髮，偏執地梳個不停，梳順、梳滑、梳柔，她到底要梳到什麼程度呢？難道她要像洗髮精廣告那樣，梳到可以把梳子放上去就像坐雲霄飛車那樣自動從髮瀑滑下來嗎？有時玉仔也會站在她身後幫她梳頭，那既視感就像楊麗花歌仔戲丫鬟在幫千金小姐梳頭的橋段，但在班上的女生圈圈裡，也確實有人天生就是喜歡當聽命於人的丫鬟、有人天生就是擁有對人頤指氣使的小姐命。

我似乎受到影響，鉛筆盒後來也躺著一支扁梳，一到下課我就拿著梳子，去找她們聊天，一邊講話一邊梳頭，但我的小平頭就像高爾夫球場的短草坪，根本不需要梳頭髮，尖尖的梳子刮在頭上比較像在按摩頭皮，但我還是繼續做著這無意義的動作，好像不這麼做，就無法融入她們……

阿春是與我最親近的人，她和讀農工的姊姊住在一起，爸媽都在外地工作，只有週末才會回來，簡單來說就是：她家沒大人。我放學下課常常去阿春家玩，看她洗衣服、準備晚餐、打掃家裡樣樣來，寫功課也不需要大人在旁邊督促，寫完功課就打開電視看，像個大人一樣有秩序。因為從小獨立生活吧，阿春身上散發「大人」的氣質，國小女生的嬌小身體，卻有著一雙黑得發亮的眼睛，她身上飄著成熟的香氣。俏麗的短髮，做事十分能幹，雖然我們年紀相仿，她卻像小姊姊一樣照顧我。假如有隔壁班男生在走廊上欺負我，喊我娘娘腔、人妖，她總會幫我出頭，用她大嗓門罵他們：「哭夭啊！」惹得那些臭男生哈哈大笑，一堆色瞇瞇的眼睛，朝著阿春身上打量。

阿春從來不怕他們，他們越是鬧阿春，阿春越是欺上前教訓他們。阿春眼睛裡藏著一潭碧綠的池水，深不可測，她嗔笑瞧著那些靠在欄杆的男生，眼中的池水劇烈晃漾著，春意的池水潑灑了那些男生一身濕淋淋，教那些男生又怕又起勁興奮。阿春領著我，像花樹一樣從走廊上招搖而過。

女生的圈圈也像春天的水潭，平靜水面下，許多蠢蠢欲動的青魚聚集、交頭接耳，然後一哄而散。有一次，阿春不在，小魚和玉仔親暱抓著我的手，像是把我當作貼心自己人似的，問起我去阿春家的情形。我心有猜疑，閉上嘴無語。她們挽著我的手，說：我們不是好朋友嗎？你都在我們這裡聽了那麼多秘密，是不是也應該告訴我們秘密？小魚梳了很久的黑髮滑溜地躺在我的光裸的手臂上，像初春舒服的毛毛雨紛紛降落。我一時懵懂了。

阿春姊姊是農工的學生，偶爾會帶男同學回家看電視，其中有一個哥哥對阿春特別好。阿春有時會在下課閒聊時提起他，羞澀與矜持的隻字片語，惹得我們胡鬧地哎嗯~哎嗯~怪叫。但忽然有一天，阿春就不再提他了，即便小魚主動問，阿春也閉上眼搖頭，說「好久沒看到他」，小魚就是不死心，所以來我這裡探口風。

小魚睜著她甜美的大眼睛，一直追著我閃躲的眼神。我真的不知道。然後，我灰暗的腦海，忽然浮起一個畫面。阿春曾經有一陣子，一直在撥電話，說要找○○○（大哥的名字），電話那頭卻都說他不在。阿春落寞地掛上電話，一句話也不講。我問她打給誰？她瞪我一眼，又低下頭：「關你屁事。」

小魚把我的手挽得更緊，眼瞇瞇地，問：「他們是不是有睡覺？」她說完，我感覺她暫時停了呼吸，等著我開口。她耳後的一股暗香飄渡過來。我低著頭。

她轉頭朝向她的丫鬟玉仔，兩人忽然爆出一陣邪惡的大笑，就像一串鞭炮在我耳邊直接炸裂一樣。

# 時髦之家

國小禮拜三只有半天課，小魚問玉仔、阿春放學後要不要去她家聽孫燕姿？我在旁邊嚷著：「我也要去！」小魚望我一眼，似乎不想答應，我厚著臉皮盧她：「讓我去啦，我也想去。」她低下頭，捏起一撮髮尾，仔細檢視完美的髮絲，她還是不放心地想找出幾根瑕疵的分叉，或者她是在想拒絕我的理由？讓我去妳家玩啦，我連「我幫妳做牛做馬」這種話都說出口了。「好啦！」她不耐煩說：「你要幫我們買飲料噢！」大熱天，她們不想騎腳踏車出門買手搖飲料，所以叫我跑腿。我本來就常常騎腳踏車在大太陽的小鎮街上亂晃，不成問題。

小魚家在鎮上的邊陲，農田旁邊新起的一排樓房，是那幾年流行的「販厝」。建商蓋好一整排連棟、外型、格局都一模一樣的透天樓房，很多新家庭都搬進這樣新潮的房子，我羨慕極了，覺得他們好時髦。小魚家門口有電鈴，訪客要先按電鈴通報，沙沙雜訊的聲音從裡面傳出來，彷彿是另一個新世界聲音，隔離了時髦與鄉下的世界。和我家完全不一樣，我家不管是遠親阿姑送來自家種的蔬菜、隔壁阿婆分贈廟裡拜拜拿回來的菜炸、街上來交「會錢」的阿姨，來到我家，只要拉開紗門，探頭進來喊一聲：「恁阿嬤（阿姆）在嗎？」任誰都能輕易侵門踏戶進來，毫無隱私可言。小魚家就不同，首先她們家有一道門禁森嚴的圍牆，進去，還有一方小院，碧綠草坪，圓扁的石頭步道，剛澆過水的日子，草枝還掛著玲瓏水珠，走過那窄小的庭院，心情能靜下來。

門口前，踩上兩階扁石梯，打開她家的內門。室內地板鋪著光潔亮麗的磁磚，踩上去滑溜溜的，光可鑑人像鋪在地上的鏡子，可以倒映我一臉羨慕的表情。換上軟軟的室內拖鞋，彷彿走進另一個世界。更強的是，她家有冷氣，炎熱中午，安靜的二十五度舒服冰冷的溫度區隔了家屋與門前農田的不同。她家門口還是一大片耕作的農地，彎腰任毒辣太陽烤焦背脊的農人還在地裡忙碌除草呢，我們已經舒服坐在她家蓬鬆柔軟的小牛皮沙發，看著第四台的電影呵呵大笑。

小魚媽媽在樓上睡午覺，我們不敢太大聲。她媽媽非常美麗，頭髮據說都是每個月遠赴台中的髮廊剪的造型，微微柔順的波浪，慵懶地披在她玉細的頸後，小鎮的美髮師根本剪不出那樣的時尚感。每次她媽媽從階梯緩步下來都像女明星拍廣告一樣，吸引著我的仰慕目光。小魚媽媽講話輕而細，像貓叫一樣，和鎮上大嗓門聲音粗嘎的媽媽完全不一樣。小魚媽媽在我眼裡是女神，會自帶光芒。我回家常常照鏡子，偷偷抹上伯母的面霜，摸著自己的臉頰，把自己也幻想成是小魚媽媽的模樣。

小魚對媽媽的態度既親暱又保留，我想到平常她的書包總拿得出質感特別好、高級的物品，嬌甜地說是媽媽幫她準備的，在台中的百貨公司買的，語氣裡好得意。

放學時，小魚媽媽都會開車來接她，小魚媽媽柔弱又迷濛地站在我們學校門口，身旁的家長都不敢找她搭訕，只敢躲在旁邊觀賞她。她的身遭好像吹拂著二十五度冷氣，把自己包裹在高山寒涼的冷空氣裡，像是金庸小說裡的小龍女。

可是在小魚家，我發現小魚有點怕她媽媽，怕吵醒媽媽睡午覺，小魚在家裡把自己活得像一個隱形人。看到媽媽下來，小魚膽怯叫了一聲媽媽。小魚媽迷濛睏倦的雙眼掠過我們一眼，眼睛瞇瞇地彎起來，似笑非笑的，嘴角牽起薄薄的微笑，牽到一半，嘴角又重重墜了下去。她不笑的時候很冷漠，我們都不敢與她親近。她自顧自走進不開燈的廚房，用薄薄的玻璃杯喝了一杯水，然後又爬上階梯，樓上傳出笨重撞擊的關門聲。

樓下看電視的我們，一時都安靜了。周圍吹著寒涼的冷氣，不知道為什麼就讓我起了雞皮疙瘩。我們都傳染了小魚身上的恐懼，電影也看不下去了。小魚低低聲說：「我媽媽好像又吃安眠藥了。」安眠藥？那是在電視時裝劇才會看到的時髦玩意兒，女主角床頭檯燈下擺著塑膠罐，裡面白白的藥錠，也許最後還會吞下一大把自殺……

那時候，我們都以為睡不著的人才會吃安眠藥。小魚媽媽可能是想睡午覺，卻睡不著吧？我們用這麼幼稚的邏輯去合理化這件事。那時，我們還沒聽過憂鬱症這個詞，我們不曉得一個人非常不快樂時，會仰賴安眠藥打發過度漫長的日子。

# 阿婆們

小鎮住著很多阿婆，她們的阿婆時尚都很像，夏天穿著透氣的麻紗材質細圖紋的上衣，露出兩條像褐色蘿蔔乾的發皺的手臂，手指的骨節很粗，勞動一輩子的手。她們流行鬈髮，蓬蓬圈圈的，像叉子捲起的義大利麵長在頭頂上。遇到她們，無論她是誰家的阿嬤，我們一律都尊稱「阿婆」。

不是每個阿婆都陽光和善，有的阿婆很陰沉，從來不跟人打招呼。傍晚，阿嬤夥同一群老姊妹坐在騎樓乘涼聊天，一名瘦瘦乾乾的阿婆，走路時腰直挺挺的，目光不卑不亢平視前方，手腕拎著一袋雜貨店買的紅豆，目不斜視地從我們面前經過，臉上的表情說不出來是嚴肅還是陰沉。

所有阿婆都停住嘴、望著她的身影遠去，她的背影為傍晚的老姊妹聚會帶來新話題。有人說起早上在菜市場遇到她，她都買了些什麼菜，從菜的貨色再推測她的經濟狀況；有人則在初一十五的廟裡遇到她，描繪起如何好意跟她打招呼，結果她連甩都不甩就轉身走人，有夠失禮；有人則是與她夫家有遠房關係，從外地嫁來的，丈夫早死。說到這裡，阿婆們彼此交換眼色，原來是守寡的婦人，侃侃談起她夫家的家族歷史……

小時候我也覺得那種陰沉孤僻的阿婆很可怕，常把她和巫婆聯想在一起，感覺她家一定也是鬼氣森森、寒氣逼人，說不定家裡還藏著一具殭屍之類的。不像這些陽光開朗的阿婆，門口永遠擺著幾張椅子歡迎姊妹淘上門聊天，講話很好笑，不時還會有人送來自家種的時令蔬果，笑口盈開在門口向人道謝。我以為正常的生活應該是這樣，常常與人往來，常常送東西分享給別人。

當時我靠著阿嬤的人脈，才能活在小鎮社交圈裡。等我長大以後，靠我自己的力量交朋友，才發現我是個孤僻的人。尤其高中開始接觸文學，我變了一個人，與小鎮更是格格不入。讀高中時我坐公車通勤，在鬧烘烘的車上我總是安靜讀著一本書，很像一個怪胎。回到鎮上，我騎著腳踏車先去圖書館歸還舊書、然後再借一本書。我開始讀張愛玲，比起她華麗的文字，她晚年生活更迷人，更讓我好奇。

我四處蒐集張愛玲的晚年生活，在鎮上唱片行，挖到一套399便宜的劇集，劉若英演的《她從海上來》張愛玲故事。最後幾集，劉若英一頭灰白摻雜的短髮，微駝著背，年老獨居的張愛玲，不與人來往，被鄰居視為古怪老女人。我卻開始嚮往她孤僻的生活，我看著她採買、住在簡陋的套房、沒有書桌而是用一只大紙箱當成寫字檯、吃微波食物。把生活所需壓得很低，卻足夠豐盈，沒有任何不便。可以一個人讀書、寫作、一個人站在秋天的樹下感受蕭條，這樣的生活並沒有什麼不好。

從圖書館回家路上，經過阿婆們聚會的騎樓，真是奇怪啊，十多年過去了，她們的模樣完全沒有變，也沒有變得更老。當然有些臉孔換了，不在的臉孔有的已經不在世上，有的是待會兒有外傭推輪椅散步過來。

一群阿婆虎視眈眈看著路人，隨機從路人身上扒下一些談資八卦。曾經是她們的一員，我太瞭解她們的習性了，如果沒有新的八卦可聊，她們就會把以前的冷飯拿出來重炒，還加上新配料，講到義憤填膺之處仍然真心動情地罵下去，罵到血壓高。

我忽然覺得她們好可怕，我在想張愛玲若是搬來這個小鎮，她一定會過得很悽慘。人情味濃厚的地方，某種程度來說也是沒有隱私的地方，大家都是熟面孔，隨時都在互相監視。張愛玲適合冷漠的城市生活，冷漠也是一種禮貌，保持善意的距離，也讓人安心自在。

後來，那位總是在家門口排椅子，招待眾姊妹來聊天，儼然是山寨寨主的胖胖阿婆中風了，她坐在輪椅上，待在客廳，電視聲陪伴著她。鄉下地方，一樓都是門戶大開，路人很輕易看到客廳內的活動。我騎腳踏車路過時，常常會看到她憂愁的臉，望著門外的自由陽光發呆。阿婆家騎樓的椅子都撤走了，那群老姊妹則是轉移陣地，繼續為鎮上的口述歷史努力盡一份心力。

那位後來被我暱稱為「張愛玲」的孤僻阿婆，依然不卑不亢在路上走著，一臉的尊嚴。

# 凝視

爸爸家對面有一間鐵皮屋，到了傍晚就會有一個女人坐在那裡。她的五官很特別，高鼻、深目、皮膚白白的，有一點神似資深藝人澎澎，講話的樣子也很像，音調高昂、輕快，像一串花蝴蝶從她的喉嚨裡飛出來。她說：「我香港來的！」

餐桌上，繼母和爸爸講起她，我才知道她是性工作者，她住的那座鐵皮屋其實是非法營業的私娼寮。香港阿姨每天傍晚化好妝坐在門口，除了乘涼，也等客人上門。當繼母說這些話時，我不禁回頭看，我發現對面的阿姨也正望著我們家看。

不曉得為什麼，我一見到她就有種親切的感覺。

繼母對我非常嚴格，去爸爸家要帶鑰匙，因為繼母習慣鎖門，如果忘了帶鑰匙，她不會幫我開門，我得踅回去拿。可是我又是迷糊的人，走到她家門口才摸到口袋空空是常有的事。好幾次我站在紗門拜託，繼母明明坐在客廳看電視，卻還是無動於衷。

我只好回頭拿鑰匙，這時，我都會跟對面的香港阿姨對到眼，我只能苦笑對她點點頭，算是打招呼。她也對我苦笑，看著我宛如喪家犬般低著頭回去拿鑰匙。

在繼母家吃完晚餐，我必須負責所有的清潔工作，掃一樓裡外、車庫，還要拖地，等她們吃完飯，我再收拾桌子，倒餿水、等垃圾車。我不討厭這些工作，我當時只一心想摸索出一套最快的做事方法，流暢地在兩小時內做完所有家事。

當我拿著拖把，在騎樓拖地時，我也會常常看到香港阿姨坐在對面，當我們目光對到時，她總會送我一個微笑。

我們家晚餐有吃不完的菜，繼母會叫我集中在一個盤子，端去給對面的香港阿姨吃。她總是笑著向我道謝，雙手接過那盤菜。面對她的感謝，我覺得很丟臉，根本不想拿給她吃。那盤菜對我來說像是恥辱，是我們吃剩不要的，卻好像施恩一樣拿給她吃，我覺得像在餵狗。但也可能是我自己太潔癖，才會有這樣的感覺。長期寄住在親戚家、傍著繼母一家吃飯，沒有一個地方是我真正的家，也許是這樣的關係，我不知不覺長成自尊心很高的人。所以看著香港阿姨低著頭一筷子一筷子夾起來吃的樣子，會讓我很心痛。但我又不敢觸怒繼母，只能硬著頭皮做兩難的事。

某次，颱風即將登陸的前夕，新聞不斷播報颱風氣旋的移動預測，外頭開始颳風下雨了，我們趕忙把垃圾全部清空，我撐著傘站在路邊等垃圾車，香港阿姨忽然喊了我一聲，她像是有千言萬語卻不知如何說起的樣子。我眼巴巴等她開口要說什麼，最後她勉強說了一句：「你很乖，以後要跟爸爸一樣，做有用的人。」感覺是一句很普通的鼓勵，但她臉上掠過一抹悲涼的笑，觸動了我；跟她說的話比起來，我更注意她笑容裡的深意。她像是想把我攬進懷裡似的，有這樣溫情的磁場在我們兩人之間迴盪共振。我畢竟很害羞，只對她點點頭。

颱風登陸那天，小鎮下著狂風暴雨，我一樣走去爸爸家吃飯。短短的路程，我的雨傘炸開好幾次，傘骨被狂風吹得快骨折，當我全身濕淋淋走到爸爸家門口，才發現繼母把鐵捲門關下來防颱。但我並沒有帶到鐵捲門遙控器，於是我站在樓下喊二樓，請繼母幫我按一下遙控。喊了老半天，沒有人答應我。於是我又走回去拿遙控器。在我頹喪轉身要回去時，正好對到香港阿姨的目光。她站在鐵皮屋窗口，一直望著我。我可能當下很委屈吧，紅腫的眼睛流滿了淚水，雨水滲著熱熱的眼淚，像用熱水洗臉。幸好風雨很大，我自覺沒被她看見。

颱風離開後，小鎮恢復了寧靜，但有天阿嬤忽然來房間找我，她沉著一張臉進來，把我房間門關上，坐到我的床邊，不容妥協地瞪著我看，道：「你老實跟阿嬤說。」我以為做壞事被發現了，頭皮還發麻一下，沒想到阿嬤是問：「你阿姨（繼母）是不是常常把你關在外面？還叫你做很多事情？」阿嬤說是對面香港仔告訴她的。當時我很懦弱，每天活得像一隻老鼠一樣，很怕繼母，我很怕阿嬤去罵繼母，阿嬤罵過之後，繼母也許會好聲好氣幾天，但一定會記恨在心裡啊！不可能讓我好過。面對阿嬤的提問，我立刻決定撒謊，說一個圓融的答案。

我告訴阿嬤，是因為我自己迷糊忘記帶鑰匙，阿姨只是要訓練我。吃完飯幫忙做家事，做完就回來讀書了，只是幫忙掃一下地而已。阿嬤半信半疑，我既然都這麼說了，她也不能說什麼。阿嬤只留一句話：「阿嬤給你靠，知不知道？」

如果這世界上有守護天使，在我最壞的時光，我的守護天使就是香港阿姨，她的天使的目光，凝視我的一舉一動、關懷我的孤單和無助。原來每次跟她對到眼神，她都是在關心我。

有一陣子，香港阿姨好幾天沒出來坐在門口，從繼母口中得知她回香港探親。

說是探親，其實是為了簽證到期，所以要先離境再進來。一兩個禮拜後，香港阿姨一臉喜孜孜地出現我家的門口，拍打著紗窗。她手裡捧著一個餐盒，上面大大印著「鏞記酒樓」店號。她獻寶似地把餐盒交給繼母，說這是香港最有名的燒鵝，讓我們嘗嘗。說完就回去她的鐵皮小屋坐著。

那天晚餐，我們吃著她送的燒鵝。彼時我還沒有去過香港，也沒有聽說過這家店，只覺得燒鵝很普通，皮軟軟的，並沒有想像中的脆，肉質本身的滋味也一般，跟路邊攤車買來的「烤鴨三吃」沒有什麼不同。我們一餐沒吃完，隔餐還繼續吃。

爸爸問繼母，對面香港仔怎麼從機場回來小鎮？繼母答：「包計程車。」爸爸又問：「從小港機場坐回來要多少錢？」繼母答：「快五千。」爸爸不置可否：「她這麼捨得花錢！」繼母輕笑。他們那天聊了許多香港阿姨的話題，我聽著聽著有點恍神，轉頭看著外面，看到鐵皮屋門口停了一台陌生的車，有個穿俗氣花襯衫、戴墨鏡、嚼檳榔的男人，正在與坐在矮凳子上的香港阿姨攀談，然後他們相偕進去屋子裡。

我想不起來，香港阿姨是什麼時候離開小鎮的？據說她回去香港了，也有一說是她去了別的城鎮營生。總之，她離開了。那時，我也長出一些膽識，常常對繼母頂嘴，後來我也不去她家吃飯了。我改走去阿嬤家吃飯。那時繼母連生了兩個妹妹，自顧不暇，也懶得管我。我真是鬆了一口氣。

終於，我長大了。直到當完兵，開始工作以後，我才有機會踏上香港的土地。香港高樓雲集，玻璃櫥窗一個連著一個看不完，我耳邊浮起香港阿姨的話：

「香港不好生活。」

香港的高端經濟，對於香港阿姨這樣生活階級的人來說，反而不友善。我拉著男友離開繁華的商城，往街市、往邊陲、往舊房子區走去，我不由自主仔細又迅速掃描坐在路邊的每一張臉，人海茫茫，我明明知道不可能找到，但我還是忍不住想找她。

要離港那天，港島下起濛濛細雨，中環斜坡而上的步道沒什麼人，我和男友合撐著一支傘，我一臉虔誠往鏞記的方向找去。繞了幾個彎，終於在街邊看到一家門面金光閃閃的店，巨大霓虹燈，告示著「鏞記酒樓」。男友推我的手臂，問：「不進去吃嗎？」我搖搖頭，在對街站定，心裡滿滿的，來到了傳說中的所在，我曾經吃過的鏞記燒鵝。我想起那段最壞的時光，想起香港阿姨。想起我總是拿剩菜給她吃，她卻買了最好的燒鵝與我們分享。想起她曾經守護著我，讓我的委屈有了憑靠。可是我長大啦，我現在沒有那麼乖了，我想向她說聲謝謝。人海茫茫，不可能找到她，來鏞記也很好。港島濛濛細雨依然下著，「當一個有尊嚴的人。」她說，她的話曾經是我的平安符。溫熱的雨絲還在落著，我怕被人看見我紅腫的雙眼，所以把雨傘壓得更低更低，直到遮住我的臉。

# 麗花

父母會生出怎樣的小孩，他們自己也無法預測，感覺像一場豪賭。如果生到狀元郎、美女胚子，那就額手稱慶，觀音媽有保庇；我爸，應該覺得生到我很雷。

雖然我爸嘴上不講，但我總覺得他對我很失望。我並非逞兇鬥狠、打架偷錢惹禍傷天害理讓他頭痛的小孩；相反的，我太安靜了，或者直白地說：我太娘了。我乖巧幽柔的個性，對一位傳統父親而言，反而才是傷天害理的存在吧，殺死他好多腦細胞。有很長一段時間，我對我爸很抱歉。

可是我爸依然很疼我。我姊從小就上了很多才藝班。我爸怕偏心，也問我：

「要不要學才藝？把拔栽培你。」我偏頭想了一下，回答他：「我想學縫衣服。」我還掐起手指，像拿著一根針，在虛無的空中來回刺穿。我說的縫衣服，嚴格來說是刺繡。

那時中視正在熱播《斷掌順娘》八點檔，美麗的女主角待在房間裡，供著一尊玉觀音，她鉸下自己烏黑的長髮當黑線，虔誠地繡出觀音菩薩的聖像。最後交出繡品，在觀音寺前與其他閨秀競賽「扮觀音」的資格。女主角恬靜美麗的側臉、優雅的姿態感動了我和我姊。

幾天後，我姊不曉得去哪裡找來兩只塑膠圈，拿一塊白手帕，塑膠圈套合在一起，將手帕繃出一個光面，就可以在布面刺繡了。我們兩個晚上躲在房間裡，三八兮兮靠在窗下，憑著月光也在學電視劇女主角刺繡，刺到一半，還會放下手上的織品，輕嘆一口氣，合掌向月娘祈禱。很愛演，戲很多。這些事我爸都不知道。

我爸聽到我想學「縫衣服」，他先愣住，將頭轉到一旁，好像嘆了一口氣。他又沉吟片刻，才溫溫地說：「男孩子學什麼縫衣服。」他沒再提「學才藝」這件事。

小時候有一段時間，我很迷布袋戲。當時家裡沒有牽第四台，霹靂布袋戲電視台也還沒開台，想看布袋戲除了野台戲，就是去錄影帶店租片回來看。阿嬤每個禮拜總是為我租一兩支，讓我反覆看。回想起來，當時才幼稚園程度的我到底有沒有看懂布袋戲在演什麼，我實在很懷疑。畢竟霹靂布袋戲古雅的文言文的對白頗有深度，那些江湖道義、愛恨情仇，小孩子應該看不懂吧！也許讓我著迷的，是那些維妙維肖的人偶，可以生動模擬人態神情，還有炫麗的聲光、乾冰，飛來飛去的大場面，讓我目不轉睛。看不懂內容沒關係，看個熱鬧氣派，也是很好的。

看了幾集以後，我按捺不住了。趁我姊上學時，潛進她的房間，偷用她的布偶。那幾隻在她的床頭排排站的豆豆龍（龍貓）、泰迪熊、大鯊魚，還有一些小娃娃公仔，全部成了我麾下的演員。我打開面對馬路的窗戶，成為我的布袋戲戲臺；拉上畫滿翠綠竹子的窗簾，當作我的大型布景。面對大馬路，好戲開鑼了！我一個人可以演一個下午，先是胖胖的豆豆龍上場，我學布袋戲人物上場時總要吟哦一首「定場詩」，我的豆豆龍也吟了唐詩〈床前明月光〉，吟畢，接著娓娓獨白他孤兒的身世，最後說到要「為父報仇」！雖然我也不明白「床前明月光，疑似地上霜」到底跟替父報仇有什麼關係？不過沒關係，我就胡搞瞎搞，對著沒有人經過的大馬路，演了一下午的戲。

想起來，真是好孤單的遊戲。躲在密不透風的窗簾裡，電風扇根本吹不到我，正午又悶又熱，我滿頭大汗。有時我也停下來中場休息，扔下手上的布偶，站起來探頭望著窗戶外。正午白豔豔的，路上一個行人也沒有。對面一棵大樹，樹上的蟬噪聲一波比一波高；如果我這邊在演布袋戲，對面那邊就是在唱歌劇，仙拚仙，誰也不讓誰。我低頭，看到窗櫺上有一隻螞蟻，孤伶伶沿著曲線奔行，不知道從哪裡來、不知道要去哪裡。我用手指抵擋牠的去路，於是牠更慌張地繞出更大的曲線。最後我殘忍地把牠捻死了，我的指尖噗嗤一聲，飄出一縷臭味。我才發現世界好像只剩我一個人，連螞蟻也沒有。荒荒正午，我腳邊散落一堆布偶，我更加孤獨了。

當時爸爸在花蓮工作，一個月才回來一次。他不在的日子，我像是一株沒人管的植物，自己隨便茂長，憑著喜好本性生出了枝芽，長出了奇異的模樣。我爸回來看到我，也沒有刻意修剪我，也許是補償心態吧，他反而慷慨滿足我的需求，任我揩油，我愈加茂生得肆無忌憚。

記得爸爸那次回來，剛好鎮上在熱鬧，遠方有鑼鼓聲，不知從哪裡聚集而來的夜市攤販，掛滿了黃亮的燈泡，綿延到我家門口。有個販賣布袋戲偶的攤販停在我家門前，我望著臨時背板上滿牆的人偶，有史豔文、素還真、孫悟空、還有各尊精緻臉孔的人偶，我整個被迷住了。在燈光燦燦下，彷彿只要我用雙手一扶，它們就會在我手裡回魂過來，我說什麼也要買。我爸拗不過，吃完晚飯就帶我去問價錢。那不便宜，給小孩子當玩具實在奢侈，我爸幾乎是咬著牙，才滿足了我。我爸問我，要挑哪一尊？史豔文？關公？我眼睛定定看著一尊頭戴珠翠、面目羞容、身穿錦衣的女偶。我手一指。我爸又偏過頭，輕嘆一口氣。我爸內心又在掙扎著什麼吧。

那個晚上，父子倆開心地玩著布袋戲。人偶很大尊，光是那一顆滿頭珠翠頭花的木偶頭就非常重，我爸教我食指中指併攏，戳進木偶喉嚨的孔洞，就能移動她的頭。一隻手撐著頭，另一隻手再伸進去人偶的袖口裡，才能挪動她的雙手，做出靈活的姿態。我爸示範給我看，讓那尊女偶像大蝙蝠一樣在空中飛來飛去，一下子低頭嬌羞，一下子湊到我的臉頰旁撒嬌，一下子斥喝命令我去洗澡，一下子蓮步走在後花園……我爸捏著嗓子表演給我看，我從頭到尾興奮到不行。那是我記憶裡頭，很特別的一夜，後來我爸就再也沒碰那尊人偶了，他的表演僅此一夜。

我還將人偶取名，喚作「麗花」，有點俗麗，感覺像是在經營旅社做事的女將，靠自己賺錢生活的新時代女性。我對麗花編造了孤苦的身世，沉醉其中。只要有親戚朋友來，我就把麗花抱出來給大家觀賞。有人嘲笑我：「這是你女朋友嗎？」大家都笑了，我也跟著笑。我沒有回嘴，等大家笑夠了，我坐到一旁靜靜看著麗花，從來不覺得麗花是我女朋友。我心裡有個模糊的想法，霎時陷入恍惚，如身陷迷霧一樣，伸手不見五指的茫茫大霧，不知身處何處。我小心地往前走，看到霧中隱約出現一抹頭戴珠翠的身影，出現了、又隱沒霧中，等我靠近時，那是一個高大的古裝女子，頭戴珠翠，身穿錦衣，她的雙手遮著自己的臉，我靠近、觸碰她的背、喊她，她轉過身來，放下水袖，我看到化著濃妝，神情哀豔的臉——那張臉，居然是我。

我如同幻覺般看著這一幕，內心很害怕，像是不小心窺見了不該知道的秘密，我不敢說出口，只讓幻影靜靜待在我的心底。

後來我也玩膩布袋戲了。幾個月後就是農曆七月，鬼門開。我姊從學校聽來一些傳說，說鬼月紙娃娃容易被好兄弟附身，晚上會從抽屜裡爬出來。嚇得她很害怕。把書局買回來的紙娃娃、紙衣服、紙皮包全部撕掉，裝在盒子裡，盒外貼上一張黃符，封印住妖魔邪祟。我的麗花，那眼波似水彷彿能看透內心的眼睛，也讓我越看越害怕，害怕她晚上會爬起來在家裡遊走，我更害怕的，是那霧中的幻景。我告訴阿嬤我會怕，阿嬤拿一個粉紅色垃圾袋把她裝起來，放到衣櫥的上面，感覺像一具棄屍。

隨著長大，我又迷上許多讓我爸不禁嘆氣的玩具：芭比娃娃、音樂盒、美少女戰士。我爸還曾為我買過一支美少女戰士的月亮魔法棒，裝上電池之後，按下開關，它就會發出音樂旋律、閃閃發光，我就可以學著卡通原地跳舞、迴旋、變身成「美少女戰士」。我在我爸面前一次又一次跳著舞。好幾次我的眼睛對上他呆滯的眼神，他似乎想說什麼，又忍住不說。當阿嬤雙手晾起美少女戰士T恤，大聲喊：「這是查某囝仔在穿的衣服欸！」我爸回護道：「沒關係啦。他喜歡就好。」當全世界有心無心，說出「不男不女」、「娘娘腔」、「人妖」、「陰陽人」等尖銳字句，我爸彷彿也決心讓它們像一陣風煙，從耳邊擦過，當作沒聽到。

我讓我爸很頭痛吧。小時候，我為了買不到的玩具，在大賣場與他嘔氣。

回想起來，那幾次他之所以不買，或許不完全是因為價錢太貴，而是我太挑戰他的底線。但他仍然選擇一次又一次放寬底線，讓我長成自己喜歡的樣子。

我的麗花，塵封在塑膠袋裡很久，十年、二十年。我再見到她時，我已經三十幾歲了。阿嬤過世後，家人整理遺物，在衣櫃上面發現麗花。面如桃花，依然沒有改變。

為了處理遷戶籍的事情回到老家，我爸把麗花交還給我。

我把她舉起來，挪動雙手，讓她走路、讓她害羞低頭、讓她勇敢抬起頭。我不再害怕她。我心中兩種性別魂魄，以前它們彼此傾軋，水火不容，現在它們融合在一起，鍛鑄出堅強的魂魄。我和麗花，彷彿合而為一，我的眼波與她一樣迷離，我的身段與她的身段一樣溫婉，我的嘴，她的嘴，同時唸出口白：

「奴家，乃是麗花。」

遷戶籍，是為了結婚。公證結婚，需要戶口名簿，我當時與家裡有敵意，我怕我爸不願意拿出戶口名簿，所以我乾脆遷出戶口。為此，彼此都說了一些氣話，但我爸最後還是讓我一步。傳訊息給我，想遷戶口，就回家一趟吧。他婉轉表示，我和男友若要結婚，公證結婚就好，不需要大開宴席；若真的要請客，他也會去祝福我。他說得好迂迴，好多折衷，我知道他已經做到他的極限了。爸爸覺得我幸福就好，其他的他沒有多說。

我舉著麗花款款走到他面前，溫婉地側身屈膝，頭臉低俯下去，道：「奴家感謝阿爹的養育之恩。」我爸苦笑。他還是很失望吧，畢竟他曾經對我盼望這麼多。

# CHAPTER 4

# 出外人

# 台北火車站會不會也有神秘入口？

我很小心不要在台北火車站迷路。

那一年我考上台北的大學，外公知道了很高興，他牽著我的手，「在台北火車站會不會迷路？會不會看路？現在車站有高鐵、有捷運，好複雜。找不到路，就有禮貌一點，找人問路，會不會？」

我想外公會不會太小看我了？我要他放心，現在我在台北路很熟。但我有一句話，放在心裡沒有說：「下次我帶阿公去台北玩好不好？我們不會迷路。」這句話，我說不出口。

初見台北車站，就是外公牽著我，帶我來見識的。我和姊姊住在鄉下，每年要回外婆家，外公會來接我們，從小小的車站出發，中途在台北車站下車，改換花東鐵路。

第一次走進台北車站恢宏的售票大廳，挑高無比的穹堂，天光一束一束灑落下來，我仰頭望著玻璃帷幕，我在鄉下沒見過這麼文明的建築物，看得我天旋地轉。耳邊忽然傳來一疊劈哩趴哩聲響，張望四周，原來是售票台上面的車班表，像洗骨牌一樣往下跌，洗出一排新的車次表。

外公牽著我，走去車站門口看一棟高樓。外公說這是台灣最高的摩天大樓，要帶我去見識見識，那棟擠在許多大樓之間的窄窄大樓，就是新光大樓。

當時「台北」對我來說，就只是一座巨大的車站。外公從來沒有帶我跨出火車站大門，那裡彷彿降下一道結界，再跨出去的花花世界，外公也會恐懼，害怕自己迷失其中，無能為力帶我遊逛。

現在台北車站的售票大廳，已經淨空成室內廣場，許多異國移工會聚集坐在這裡吃東西、聚會，在以前這裡曾經方整排列了好幾百張候車椅，外公會買兩個便當，讓我坐在排椅上吃排骨便當，用完餐，吃著從家裡削好、裝袋的水果，讀故事書、打瞌睡，打發候車時光，哪裡都沒有去，哪裡也不敢去。但是回到學校，我還是會向同學誇口：「我暑假去過台北。」

我坐不住，好幾次央求外公帶我起來走走，但外公閉著眼睛不為所動，最後他被我煩到不行，為我說了一個故事。

外公喜歡說故事，我從他那裡聽了好多奇怪故事。他說以前有個人，從外地來的，就是在台北車站亂逛，逛著逛著迷路了，結果遇到一個坐在牆角邊的老爺爺，外地人靠近老爺爺時，忽然全身發冷，老爺爺抬起臉，整張臉青筍筍，那個外地人非常有禮貌地問路，老爺爺抬手朝右邊一指，那裡有一道暗暗的出入口。外地人道謝後，就往那扇門走，果真就回到車站大廳。可是這個人從此以後就失蹤了，大家再也找不到他。外公說報紙有報導這個故事。要我乖乖坐好，才不會不見。

這都是二十多年前的事情了，當時台北火車站好純粹，沒有高鐵、沒有地下街、沒有二樓的微風廣場美食街，甚至捷運也還沒通車，就只是一座鐵道火車站。後來我上台北念書、談戀愛、交朋友、工作、生活，一眨眼也十幾年過去，台北火車站也一變再變，宛如變形金剛一樣，不斷變身，擴張成龐大複雜的轉運站。

對我來說，新年期間的台北火車站，特別熱鬧有感覺。剛畢業時，我還沒有找到正職工作，只有兼差打工，身上沒有什麼錢，那時候我和家裡關係也不好，一年很少回家幾次，但農曆新年總要回家一趟吧，我想到要包紅包，可是我包不出來，心裡很懊惱。

除夕那天拖到最後一刻才去台北車站搭車，背包裡只放著一兩天的換洗衣物，打定主意只回家住個兩天就溜回台北租屋處。

當時家裡對我「不常回家」很不諒解，但唸歸唸，除夕這天仍然一大早就打手機把我從睡夢中挖起來：「在車上了嗎？……什麼？才剛起床？」電話裡頭催促我趕快回家：「大家昨天都回來了，都在等你，趕快回來。」我一邊聽著，心裡有點溫暖。其實家人沒有嫌棄我還沒找到正職工作，家人只是希望我趕快回家。我沒好氣地回嘴：「吃年夜飯之前會到家啦。」

再怎麼不想回家，再怎麼拖延，我最後仍然帶著一個小背包坐在車站的星巴克等車。我在台北車站大廳的賣場買了一個禮盒，是要帶回家的伴手禮。長大的人，回家好像總要帶點什麼回去，心裡才會踏實。放眼望去，咖啡店裡的人身邊也大包小包的禮盒提袋，我好奇觀察大家都買什麼，也不免在心裡比較起來。

過年的台北車站，節奏比平常還要輕快，一樓已經規劃成賣場專櫃，都在鼓吹路過的旅客帶點什麼回家，每個人都歸心似箭，每個人匆匆忙忙，臉上漾著快樂的神情，提著大包小包趕回老家。像我這樣不愛回家的人，如同局外人，好奇地看熱鬧。

再過幾年，我在台北的生活穩定下來，有安穩的工作，有個家，有相伴的伴侶，每天上下班捷運通勤，也總是在台北車站轉車，我小心地不要在台北車站迷路。和朋友相約在京站碰面、在火車站前的健身房運動，也能熟門熟路穿梭在地下街各個連通口，幾百個的出入口，不需要任何提示，我心裡就內建一只導航系統。

好幾次，我被一臉迷惑的旅客攔下來，我看著對方拿著一張車票，被台北車站複雜的動線弄得慌張緊繃，擔心找不到月台、趕不上火車，我就會停下來仔細看他的車票，一遍又一遍告訴對方該怎麼走。

外地來的旅客，對於大城市十分陌生而緊張的旅客，總會喚醒我童年的畫面，想起外公牽著我，在這棟巨大建築物穿梭的記憶，連同那些內心對於大城市的嚮往與自卑，好像一直藏在我心底，沒有因為我熟悉這座城市而遺忘。

我仍然記得外公當時為了騙我安靜，為我編的靈異故事，即便我對台北車站早已不陌生，但仍然相信這座車站，一定存在一道神秘的出入口，會通往異世界。

接到電話時，是在聽完一場演講後。那是我剛來到台北念書的第一年，學校邀請黃春明老師來演講，老師健壯爽朗講了一個多小時，在大家掌聲中結束。會後有簽名時間，我看到人龍很長，於是我先留在座位拿出手機看訊息，赫然看到二十多通未接來電。我溜出去外面打電話，大阿姨在電話另一頭說：「外公剛剛走了。你有空趕快回來。」

我折返回座位，拿著黃春明老師的小說，排隊人龍消耗差不多了，我加入其中，老師客氣地問我名字，題名、簽名，伸出他的大手溫暖握著我。我忽然有股衝動，想對他說：「剛剛我接到電話，我阿公死了。」但講這個要幹嘛呀，向老師討拍嗎？我只是覺得這一切發生得很荒謬，而且急著想找個人講。

那天台北下著夏季大雨，傾盆大雨讓地面積滿水澤，趕到車站時，買到最快抵達的自強號，才發現時間還早，距離發車還有一個多小時。我忽然想起外公喜歡吃一家老牌的糕點，前幾次帶去給他，他都吃得很高興，我要去買最後一次，放在外公的供桌上。

外面正在下大雨，我打算取徑地下街的路線，從靠近的出口回到地面層，再鑽騎樓，就可以避開這場雨。

憑著路標指示，朝地下街的方向走去，離開火車站主體，走進一條聚集臨時攤位賣場的台北地下街，琳琅滿目、又有點雜亂，賣檜木油、賣廉價皮鞋、賣手工牛軋糖、還有賣藝術拼圖，奇妙的是還有一攤規模特別大，擺出書展陣仗，但賣的圖書都是童書繪本、還有一些宇宙搜奇的百科全書。

地下街聚集很多人，但他們都不是台鐵的旅客，這裡也有一座小廣場，簡單小舞台，盲眼樂手站在上面搖搖晃晃拉著小提琴，演奏〈月亮代表我的心〉。外傭推著輪椅老人，把老人擺在舞台下，疲累半閉眼的老人面無表情坐在輪椅上，外傭們聚在後面嘻笑嘰嘰喳喳。穿著廉價西裝的業務男子，口紅豔紅的中年大嬸，退休後來這裡打發時間的初老阿伯，都聚集在這條地下街。

再走過去一段路，兩旁的店家變成動漫周邊商品店，海賊王的精緻公仔、遊戲卡、任天堂遊戲機擺在光芒四射的櫥窗裡，這裡彷彿是縮小版的日本秋葉原，搖滾節奏的日系動漫歌曲，聚集了不少憨厚的宅男在這裡圍觀。

地下街的人潮氣氛跟台北車站不一樣，車站裡每個人無論是本地通勤族或外來旅客，大家來來去去心裡都有一個目的地；地下街的人，卻是停滯在這裡，無處可去，像遊魂一樣在這裡無所事事。

我急急忙忙穿越這群人，謹慎地抬頭看著頭上的指標，往凱薩飯店、往新光三越、往重慶南路1、往博愛路，終於找到我要的路口，從樓梯跑上去路面層，卻發現不是我要找的路口，折騰好久，被大雨淋得濕透，才完成任務買到糕點，趕緊衝到最靠近的出入口，再從地下街走回台北車站。

回到地下街，景色卻與我剛才經過的熱鬧地下街大不相同。這裡寂靜彷彿死城，四周除了我不見其他人，我走過拉下鐵門的商店、荒廢的攤車，牆角飄出濃烈的尿騷味，眼看時間快來不及，我趕緊往車站的方向奔去。

八十幾歲的外公是先出了車禍，被機車騎士撞倒，雖然沒有明顯傷勢，但為了保險起見去醫院檢查。X光照下去，才發現不得了有腫瘤，發現得太晚，已經是末期。

外公人生的最後一段時光，我去醫院探望外公，外公坐在昏暗的病床旁。

這是健保病房，一共擠了八個人。外公駝著背一個人坐在那裡，看到我來，他抬頭一笑，他一雙眼睛變得好混濁，黑色的瞳孔轉成乳白色，我以為快要死掉的人，眼睛都會變成這樣。後來我才知道那是白內障。

外公牽著我的手，笑著問我台北的生活好不好？身上錢夠不夠用？外公湊著我的耳朵，壓低聲音告訴我，其實他還藏著一百萬的存款，沒有讓阿姨舅舅知道。外公說，如果我生活費不夠，他願意資助我，要我扶著他去醫院樓下提款機領錢。我苦笑說，有啦，我夠用。

我知道外公根本沒有錢，他的一百萬已經說了好多年。

如果他有錢，他怎麼還會擠在這麼狹窄的病房呢？

可是我更沒用，我還沒有開始賺錢，沒辦法拿錢出來提供他好一點的病房。這世界上什麼都要錢，沒錢的我，只能眼睜睜看著外公的生命，在我面前一點一滴油燈枯盡。

外公問我，考上什麼系，有沒有跟姊姊一樣，很厲害讀法律系？

我說，我讀中文系。外公笑：「讀中文系沒用啦。賺不到錢。」不過他還是很高興：「自己選的，喜歡就好。」

我一邊趕路，一邊回想著與外公相處的最後時光，不知不覺走到地下街比較熱鬧的地方。我在一處小廣場停下來，右邊是往上的電扶梯，我看著頭上的指標，標示著台北火車站。眼看時間快要來不及，我便向右往電扶梯上去。

漫長的電扶梯又高又陡，彷彿沒有盡頭，緩緩一寸一寸上升，時間慢得像是通過了好幾光年，經過一層手扶梯，來到一處荒涼的樓層，不過眼前又有一座電扶梯可以搭上去，可以感覺上頭喧鬧有人聲，我又經過了好幾光年，居然神奇地回到鬧烘烘的車站大廳。

這時，我想起外公從前編的故事，我就是像經歷了他編的故事一樣，但我沒有從此失蹤，誤入異域。

我只是來到了，一個新的，再也看不到他的世界。

本文榮獲台北文學獎優等獎

# 最後一夜

離開小鎮前的最後一晚，張開的行李箱躺在地板上，像興奮闔不起來的大嘴。我忙得滿頭大汗，房間抽屜全被我拉開、衣櫥門也敞開，所有入圍的物品都放在書桌上，這個帶去台北嗎？那個我還要嗎？我既興奮又焦慮，明天我就要離開這個家了。我要頭也不回離開這裡。當時我不曉得哪來的倔強，甚至內心醞釀許久的恨意，我搞不懂自己，但我知道自己最好離開比較好，遠走高飛，不要再回來。我的離開，少了我的存在，或許可以讓這裡獲得平靜。

高中時我成績非常差勁，數學總是零分，英文也不夠好，學科的國文其實也不理想。但那時我非常喜歡現代文學，茫然的青春忽然有了一個堅定的方向，整個高中三年我都泡在圖書館裡，狼吞虎嚥書架上所有的文學書。因為文學，學校老師與同學對我刮目相看，大家都知道那個數學低能的男生，似乎隱藏著某種特殊能力。連數學老師也輕輕放過我了，從來不刁難我，放任我每張考卷都拿零分。當時我確知自己未來要考中文系，因為我也沒有別的路可以選了。

不過大考前，關心我的老師們又忽然憂色起來。他們圍在一起竊竊私語，不時有幾個人瞄著我，最後他們似乎達成一項協議，他們派出我最喜歡的國文老師來勸說我，要我千萬不要放棄數學（現在說會不會太遲了？），老師說：「推甄有一條規則，只有一科零分，就不可以參加推甄。所以你數學至少要答對一題，不能零分，好嗎？」他們為了我著想，下了禁足令，不准我再踏進圖書館的書庫一步，所有課外書都必須暫停。

幸好，最後我數學僥倖猜到了一題，獲得三分。那天，大家為我的超級低分而歡聲雷動，班上數學最好的女同學因為失常沒拿到「頂標」在哭泣，我這個連低標都勾不上的人卻在放鞭炮，像一齣荒謬的喜劇。

也許命中注定與文學有緣，我順利推甄上台北東吳大學。那一年，班上同學推甄都考得不理想，漫長炎夏還困在學校拚第二次指考，我已經不需要去學校了，每天在家讀小說散文。

蟬噪聲漸漸熄滅，就在秋天快來時，我也準備打包行李，要上台北。

我在家裡儲藏室找到一個小型的登機行李箱。我只打算帶著它上台北，把我十七歲以前的生活全部裝進去。我想最重要的東西應該就是衣服吧。我的衣服本來就不多，大多是從哥哥那裡繼承來的舊衣服，九月開學仍然是大熱天，厚重的衣服還不需要帶，幾件輕薄短袖、幾件長褲、再帶一件薄外套就足夠了。我把它們放進行李箱也才占滿一半。除了從哥哥那裡撿來的舊衣服，我的衣服大多是從婦幼商場那樣的大型成衣批發賣場買回來的。那裡的衣服總是印著奇妙的圖案，或者文法錯誤的英文句子。我沒有很多錢，只能買這樣的成衣。幸好我也不重視穿著，洗完澡套在身上，就當作它不存在。

阿嬤非要我帶一件厚襖上台北，她幫我打聽好了，她說東吳在陽明山上，晚上會很冷。我說，陽明山是文化大學啦，我們東吳在山腳下。我們兩個七嘴八舌討論著，老實說我們祖孫都對台北太陌生，怎麼聊都像痴人說夢。

我爸要我買好沐浴乳、洗髮精、牙膏等等帶上去台北。我疑惑：「到台北買就好啦！」我爸驚呼：可是台北比較貴啊！我更疑惑了：超市、大賣場不是都全國統一訂價嗎？台北的標價難道比較高？

由此可見，我們對於台北實在太陌生，而且從我阿嬤口中的「冷」、我爸口中的「貴」，我們對台北的想像都是偏向恐懼的。

因為家庭的因素，我沒有什麼機會前往城市，連台中市都沒有去過幾次。小時候並沒有特別嚮往，但到了高中，我接觸了文學也接觸電影，文字電影裡城市熱鬧又孤寂的光影忽然走進我的心裡，它們描述的都是台北，星巴克的熱拿鐵、廿四小時不打烊的敦南誠品、一夜接著一夜彷彿馬拉松接力般的藝文講座，都在遙遠如北極星的城市裡發生。

當所有藝文活動在遠方熱鬧展開，在小鎮落單的我，孤寂的夜晚，家裡連網路都沒有，我唯一的訊息來源只有紙本，打開從金石堂櫃台拿回來的兩廳院藝文節目通訊、繽紛多彩的藝文訊息酷卡，還有圖書館借回來的文學雜誌裡面的分頁廣告，我坐在老式的書桌前蠢蠢欲動，想像在台北夜晚正在舉行的各種藝文活動，想像自己也坐在底下其中，聽著心儀的作家、學者在舞台上侃侃而談世界正在發生的想法與議題，透過沉穩的麥克風，灌入我荒瘠的心靈。

我在小鎮沒有人可以談想法，沒有人關心文學。我讀了很多字，卻始終無法開口表達我心裡所想的，我說了也沒人聽得懂，其實我自己也是常常越說越糊塗、越說越混亂，最後大家懶得再聽我說了。我不敢再說，我怕被大家當成是瘋子。我讀了很多字，文字卻讓我變成沉默的人。我以為只要到了台北，我就會找到同類，我就能開口說話。現在回想起來，當時的我其實太狹隘了，文學很重要，但其他的生活經驗同樣重要。我卻只有追求文學的經驗，而錯失體會別人的生活，讓自己走進死胡同。

長年寄住在親戚家，我的身外之物並沒有太多，值得珍惜的物件更是少之可憐。最在乎的應該是高中三年陸續寫下的稿子習作吧。那些寫在稿紙、寫在筆記本上的殘篇斷簡，大多數只有開頭，沒有下文。為什麼都是手寫稿呢？一方面我高中一二年級住在男宿，男宿沒有電腦可以用，晚自習時我都在寫作，巡堂的舍監從來不管我。另一方面，說起來有點羞赧，在讀大學之前，我對電腦其實很陌生。我家本來有一台桌上型電腦，後來壞掉了，變成了文明的擺設品，也沒有換新的。

事實上，很少使用電腦的我，電腦打字非常慢。我的手指像是初學舞蹈笨拙的人，老是踩錯步伐、誤踩按鍵，我只能用一指神功，困頓趴在鍵盤上爬行。我何時才能在鍵盤上翩翩起舞呢？我還曾為了打字慢而煩惱過，聽說大學交作業都用電腦打字，我龜速般的打字速度有辦法應付課業嗎？

後來才知道我多慮了。要上台北前，我爸給我一台二手的筆記型電腦，短短幾個月，我就健步如飛不必看鍵盤都能打字，心魂與鍵盤合而一體，為了練習打字，我把舊稿件全部轉成電子檔存在拇指般大小的隨身碟裡。我不是念舊的人，那些花費無數夜晚寫成的手稿，我立刻棄之不顧。我把它們擺在資源回收垃圾桶旁邊，隔天早上，撿字紙的老婦人就把它們取走了。

大部分的東西我都不想要了。什麼都不要了，我因此輕盈。我決心忘掉這裡的一切，到遠方的城市重新開始。十七歲以前，花光零用錢收集的錄音卡帶，我全部回收掉，我陪它們站在路邊等待一輛黃色的車，然後送它們上車，送走我的青春；我把可能需要用的獎狀、證明收在一個塑膠夾裡，接著把抽屜全部清空，一片紙屑也不留；我不再回來，我抹滅掉在這裡生活過的痕跡。

接下來，只剩一小座書櫃的書了，這也是我最難捨的部分。那時，我的藏書還沒有累積很多，卻都是我在金石堂摩挲考慮很久才買下的，每一本都劃了線、寫了私密的眉批，彷彿一部分的自己留在裡面。我站在書櫃前面，像個評定年度好書的評審，反覆進行入圍與決選的儀式，律定自己只能選二十本書帶上去台北。我估量過了，我的行李箱剩下的空間，努力硬塞也只能帶二十本書。

有幾本書，我想都不想就讓它們保送進安全名單，三毛、鍾怡雯、李昂、張愛玲、王安憶《長恨歌》、白先勇《臺北人》、韓良露《浮生閒情》、村上春樹《海邊的卡夫卡》。我的文學啟蒙之書，我總也讀不厭倦的書，未來如果我孤單時，也希望它們在身邊的書。韓良露的書，為我展示的生活美學，料理、爵士樂、旅行、崑曲、文學、電影，還有她在台北街頭漫步的觀察隨想，悠閒自在的城市生活，寫得活靈活現，讓我在無數的小鎮夜晚得以「親臨台北」。我上台北，想學她一樣，渴望過她的生活。（後來有一次，我真的在師大後面巷子遇到她。韓老師揹著一個鼓鼓的側包，悠閒自在地步行，享受秋天的蕭瑟與涼爽。我站在路側，看到傳說中的一幕，心裡非常震動。）

村上春樹《海邊卡夫卡》離家出走的孤獨少年，則引發我的無限共鳴，我常常把自己想像成他。只帶著一點點物品，跳上長途客運，到遠方靜靜地生活。小說男主角田村卡夫卡每天到山中的圖書館讀書，中午在圖書館外面吃三明治。這幅小說畫面生動地存在我心裡，好像就是我未來的生活。

我決定完帶走的書，把行李箱封好，站立起來。我試著拖行看看，書非常沉重，我卻興奮得快飛起來。深夜的家安安靜靜，所有人都睡著了，我卻好想慶祝一下。我終於要離開了，那些家庭的煩惱、在小鎮曾經受到的嘲笑霸凌，還有藏在我心中不敢啟齒對男生的暗戀欲望，那些孤獨的時光，我都要全部拋在腦後，在遠方的城市重新開始。

我從冰箱拿出一罐啤酒，爬到我家透天的頂樓。鄉下光害少，滿天的星星為我展開，我的心胸也因此遼闊而懷想無限，我想著上台北，第一件事就要去明星咖啡館，還要去逛舊書店、二十四小時的敦南誠品，還要逛公館一帶的小書店，女書店、唐山書店。讀中文系以後，我就可以永遠擺脫數學，無時無刻都跟文字相處，我要進入極樂世界了吧？我一口一口啜著啤酒，心跳突突地加快，有點微醺了，星空加速地旋轉，我恨不得趕快天亮。

# 台北漫步

我在台北第一個落腳處是東吳男宿。外雙溪下雨日多，山坡上的宿舍濕氣很重，牆壁會流冷汗，地板好像淹著一層水，但仔細看又沒有，濕氣凝結成看不見的薄水，走路都像划船。棉被像海綿一樣吸滿潮氣，冬天鑽進棉被裡，總要用身體預熱十分鐘，才能把它睡成一條溫暖濕熱的棉被。走廊的除濕機永遠開動著，卻抽不走彌漫在空氣中的山林氣味，宿舍的後面就是山林，山神策動十萬大軍包圍這棟樓，綠色藤蔓隨時沿著欄杆攀爬，爬滿了外牆，如果沒有定期修剪，整棟樓恐怕很快就會被山的意志吞噬進去。古意盎然的老樓，籠罩在煙雨濛濛之中，我那時讀多了《聊齋》，幻想著這棟樓會變成狐仙出沒的古寺、倩女幽魂的住所。

濕冷的雙溪男宿，住在裡面的人卻十分溫暖。一間房間擠八個人，都是從南部上來的男生。寢室裡總有幾個有趣的怪咖，看著他們，我會想起村上春樹《挪威的森林》開頭出現過的怪咖室友，怪咖們才是寢室不朽的傳奇，讓我們津津樂道。冬天我們穿著厚外套縮在書桌前上網、讀書，作息不正常，熬夜到天亮，又睡到中午。每個人都因為長期外食而臉色發黃，可是大學魂又是亢奮焦躁，有用不完的精力。

我終於來到台北。我幾乎不需要適應，就習慣台北的生活。我就像是哈利波特進到魔法學校，開始選課、買教材，同鄉會的社團學姊三不五時叫我去社辦聚會，我卻始終無法融入他們。我只想找到文學的同類。可是人海茫茫，我要去哪裡找到我的同類呢？

我從老家帶了二十本書上來，但我很快又在二手書店失心瘋大肆採買，把吃飯錢買衣服的錢全部貢獻出去。我第一次發現書這麼便宜，一本一百，花車上堆滿任君選擇四本一百的好書，一週逛兩回，每次都扛回鼓鼓的書袋，寢室書桌不久又淹滿了書。如果有人找我，我還必須拉直身子，伸出頭才能看到他。也許我在其他人眼中也是怪咖，愛讀書、講話文謅謅聽不懂的怪文青。我用書幫自己砌成一座堡壘，鬧烘烘的宿舍讓我可以躲在裡面。

其實有點怕跟室友講話，除非他們有事找我，不然我很少主動開話題。或者他們一群人起鬨胡鬧時，我才會混在人群裡湊一腳，沾染一點同寢的歡樂。有時候，我試著走去他們的座位搭訕閒聊，可是聊沒兩句話，我又不知道該怎麼接話了。話題總是卡住。

雖然我和室友相處得不錯，但我好像也融不進他們的生活。他們組團上線打怪，我不會玩電動；他們要去跟別的女生聯誼，我對女生也沒有興趣；他們看漫畫，我讀文學書。我和他們的交情，僅止於生活上的互惠幫忙而已，但那算不上深交，只是淺淺的禮貌問候。他們很快圍起一個一個圈圈，我站在圈圈外面的陰影。我尷尬笑著。我很快又感覺到孤獨，我好像沒有朋友。

剛開學沒課的日子，大家都窩在宿舍，但沒多久他們紛紛加入社團，或參加系隊找到歸屬，後來就很少看見他們。我始終找不到我的歸屬，我加入文學創作社，卻也只有中午在那裡吃便當而已，我也很少參加社團的社課，社員很少討論文學，我們多半討論學校發生的八卦、上課、細瑣。後來我又加入大學思潮研究社，關心街頭運動與社會議題，一開始我雄心壯志跟著學長姊四處聲援靜坐、參觀即將拆掉的療養院，可是漸漸我發現自己志趣不在此，我在那些嚴肅場合常常心不在焉，心裡只想著待會這裡結束，我要衝去永康街吃牛肉麵。我逼著自己關心公眾議題，卻是越聽越恍神，我好像不是這塊料，或許我內心自私、沒有良心、劣根性太強。最後我虧欠地向社長告辭時，滿頭亂髮、瀟灑不羈、像熊一樣的男社長冷笑撇嘴，坐在社辦的主位，甩著手上的筆，過了好久才說：「我看你只會吃喝玩樂而已。」

我開始很少待在學校，除了上課之外，我大部分時間都跑去公館鬼混，一個人逛書店、在溫州街閒晃，最常待在一家「挪威森林」咖啡館。公館離士林很遠，在這裡我不會遇到認識的臉孔，這種孤獨反而讓我很放心；公館比士林熱鬧非常多，人潮洶湧，但大部分的人都是和我一樣獨來獨往的一個人，眾多的孤獨個體剛好聚集在這裡形成人群，每個人互不接觸，終究是純粹完整的個體，都是孤獨而從容的。與其開口說話，大家似乎更喜歡在腦內與自己的思想、觀察對話，每個人都在想著自己的事。這裡盛行著孤獨的氛圍。我融入這裡，好像來對了地方。

九月開學，剛上台北沒多久，就十月秋天了。小巷浮動著冷風，天色總是陰灰，像是滿腹卻捨不得隨便說出口的心事，情緒澎湃卻又極度節制，心事本來就不應該隨便向他人說，或者，其實我也找不到一個對的人說。我穿越熱鬧的人群，躲進溫暖的咖啡館，每個人都分到一張厚實的小桌子，桌上有一盞老式綠色玻璃燈罩的黃銅檯燈，咖啡館當時還沒有禁菸，室內彌漫著煙霧。我們桌上還有一只菸灰缸，我剛學會抽菸，有時坐下來打開電腦才發現忘了帶打火機，又跑出去轉角的便利商店買一包涼菸。所有在心裡呢喃、說不出口的心事都應該寫下來，我敲打著鍵盤，卻發現創作艱難，往往寫不出一兩段，腦袋發澀，寫出來的文字瘦弱貧乏，生長不出強壯的畫面。為了讓腦袋放鬆一下，就打開「無名小站」寫部落格，竟然下筆如有神，將日常的流水帳轉化成「類散文」，寫得欲罷不能，但那些文字畢竟是虛擲了，也無法二度釀成真正的散文，我坐在咖啡館，終究一事無成，一個寫廢文的人。

也忘了是何時養成的習慣，從咖啡館離開後，我開始往北走。一開始只走到台電大樓站，在師大夜市吃晚餐就搭捷運回士林。後來居然越走越遠，走到台北火車站，然後更遠，沿著中山北路走到中山站新光三越才搭車，最後一鼓作氣，一路徒步回東吳，回到宿舍時，夜深人靜，整棟大樓在山中陷入黑甜的夢。

一趟沒有同伴的漫長徒步路線，從公館沿著羅斯福路一直往北走，經過中正紀念堂、台大醫院，進入中山北路。有時迷失在捷運站後面的商圈，穿過人潮爆炸的鬆餅店咖啡館，拐幾個彎，又遠離了人群，發現一處寧靜的所在。一幢日式木造老屋，安安靜靜的，裡頭只有幾隻身影在移動。老屋門口有寬闊修剪得宜的草坪，鐵鑄大門敞開歡迎來客，營業中的咖啡館，原來是蔡瑞月舞蹈教室舊址，老屋翻新。我在簷下徘徊，幻視著白色青春鬼影仍在舞動，在戒嚴時期用開展的身體抵抗掙脫無形的枷鎖。在台北，常常會無意間遇到歷史。

更多時候我還是繞回大路，沿著林蔭大道，走在夜垂之後，車喧馬龍的中山北路，對面那一岸排列著老爺酒店、晶華飯店，門口穿著制服的門童為客人開車門，衣香鬢影，高冷藍光的噴水池華麗閃耀，水晶燈璀璨流光。我在這一岸有點羨慕又有點恐懼眺望，那些明亮的房子是我這個剛上台北、還在念大學的窮小子不敢踏入的地方，一身的窮酸彷彿不能進入那裡。

在書裡獲取的知識理論，以為自己得以強壯，能夠勘破世間的虛偽；但面對真實世界時，我依然怯懦、裹足不前、容易限制自己。怕走進高級飯店，其實是我這個窮小子對台北刻板印象產生的幻影。我的自卑與羨慕混雜在一起，我以為自己應該很左派，知識分子應該都是左派的，過著清簡的生活。但我卻又常常為這些璀璨的事物停駐、想像。或許我高估自己求道的決心，其實我是渴望擁有對岸那樣的生活，只是我不敢承認罷了。

跨過民權西路，過了福利麵包店，就不再有商圈，兩側的街景忽然暗了下去，蕭索氣氛包圍上來，破舊的商業大樓騎樓，總有零星遊民靠在緊閉的鐵門休憩，他們身旁堆著無數的塑膠袋捆起來的鼓鼓包裹，班雅明說城市的拾荒者與詩人都是同一種人，漫遊者，在城市晃蕩撿拾物質與靈感。我對遊民總有特別的情懷，覺得自己也是他們的一分子，卻又恐懼自己變成他們的樣子。我就是這麼偽善，一方面心疼他們吹風，可是一方面我又繞過他們，避免聞到他們身上的氣味。我很討厭自己這樣子。

我總是在路上，我不曉得在尋找什麼，又或者在逃避什麼。下起雨了，我就撐起雨傘為自己擋雨；颳風了，我就從背包取出一件毛衣套到身上。無論晴雨風日，我都在路上。記得有一次颱風剛過境，風雨還一陣歇一陣起，我受不了待在宿舍，受不了團體生活，我需要一個人，需要大口大口新鮮的空氣。濕漉漉的中山北路，路樹倒了好幾棵，連枝帶葉躺在柏油路上，電鋸聲音割破寧靜的空氣，我越是一個人，心情越開朗。我移動著，心裡才得到平靜。

後來我開始談戀愛了，我才戒掉在外面閒晃的習慣。想念一個人，等候一個人的訊息，我開始甘願待在同一個地方，等候他的到來，像一隻被馴服的狐狸。我的台北漫步，才找到了停靠的終點。

# 一個人的除夕夜

我走出大門，向站哨的學弟揮手再見。抬頭望著天空，天色灰暗，我沿著冷清的興隆路漫步到萬芳醫院搭捷運，這是我最後一次走這條路。

萬芳醫院一樓有家星巴克，落地窗平時坐滿人，喧譁溫暖，但今天是除夕，連星巴克都提早打烊，我站在黯淡的落地窗前，看著裡面空無一人。我原本打算吃一份牛肉可頌和熱拿鐵當晚餐，忽然沒有著落。

搭上捷運，抵達東門站，站在電扶梯緩緩滑上去，整條信義路冷冷清清的。鼎泰豐門口原本總是聚集人潮，今天也拉下鐵門。人行道上積了一些枯葉，寒風一吹，枯葉咔啦咔啦滾向另一側。

空氣冰冷醒腦，我心情有一點雀躍激動，又有一點寂寞。雀躍的原因是我服完一年的義務役，終於退伍了。寂寞的是，今天是除夕，我的年夜飯吃什麼？

沿著信義路散步回住所，腳步越走越輕快，退伍的喜悅還是教我開心。過去一年，兵役像勒在我身上的繩子，憋得讓我非常難受，我這樣孤僻的人，雖然不排斥與人相處，可是二十四小時都要待在軍營過團體生活，分分秒秒都要與人相處，我真的不行。眼前隨時有人，混濁的空氣，嚴格的學長制度，見人就要打招呼，我簡直快精神崩潰。我每天盼著熄燈就寢，在黑暗中，我才獲得獨處空間。

完全沒有個人空間的生活，我簡直受不了。我後來找到秘密基地，每天傍晚我總會獨自跑上去頂樓，躲在上面大口喘氣，有二十分鐘不用再看到那些年紀其實比我小很多的「學長」真是太好了。一個人望著漸漸昏暗下去的天空、趴在水泥欄杆眺望緊鄰興隆路的十字路口，看著軍營外的正常世界，感受大家下班時段的匆忙歡快，我短暫變成隱形人，靈魂脫開，加入大馬路的正常世界，忘掉身上的軍服。

雖然我在營區裡假裝很合群、努力配合大家，但很快還是被看穿了，我和軍營男生沒有共同的話題、他們聚在一起八卦其他人時，我也總是語帶保留，立場模糊。就這樣，我無法融入任何的小圈圈，成了一隻孤鳥。退伍這一刻，我終於從大門飛出去，解脫這樣的生活。

一年兵役，扣掉高中軍訓課的折抵時數，我剛好在除夕這天退伍。我對老家的人隱瞞這件事，當時我和老家關係非常不好。我爸面對我總是擔憂，說著社會很無情，誰誰誰又失敗了，現在四處找不到工作，他也暗示中文系畢業的我，以後恐怕也會找不到工作，問我要不要去考警察、考公務員；我繼母把我當空氣，我喊她，她明明有聽見，卻又假裝沒聽到，相處這麼不堪，我認為我們乾脆不要見面應該會更好。我阿嬤責罵我不回家，罵我不理爸爸，說爸爸還要養兩個妹妹（繼母後來生的女兒）很辛苦，我都沒有幫忙爸爸。從踏進門，家人溫情喊一句「回來啦」之後，緊接著就是無止無盡的負能量談話。團圓飯越吃越無味，我努力扒飯企圖趕快下餐桌，卻被爸爸哀嘆責備：你吃這麼快要幹嘛？難得回來不多坐著聊聊天嗎？我心裡哀嚎，但我終究還是諾諾陪坐，有時候聽得不耐煩，我偷偷嘆口氣，被我爸抓到，我爸說：「年輕人嘆什麼氣？你們又沒吃什麼苦。整天悲觀。」一連喘口氣也不行了。一頓團圓飯吃得像災難。

我下定決心，一定要逃開老家的團圓飯。沒想到當兵這一年，居然讓我逮到機會，能夠名正言順不用回去吃團圓飯，我騙家人說過年我要在營區留守，不回家圍爐。

我領了退伍令，走在冷清的台北街頭。腦袋想著這個時間點，老家應該剛拜完祖先，正準備燒金紙、撤下供品準備重新覆熱上圍爐餐桌吧。每年負責燒金紙的人都是我，寒風中，熊熊火光烤熱我的臉頰，聞著火爐不時竄起的乾煙氣味，這就是過年的氣氛。

以往，我們家的年夜菜，有白斬雞、炒花枝芹菜、放了一堆丸子火鍋料的火鍋、蘿蔔糕……我想起慘白的日光燈下，其實家族成員並沒有那麼想要擠在一起吃飯，彼此挑剔、綿裡藏針的話語，有聽懂卻又要假裝聽不懂。在餐桌上稱讚菜色好吃，也是有學問的，有的菜是伯母炒的、有的菜是繼母燒的，要先收集情報，察言觀色，繼母招呼大家多吃一點花枝芹菜，表示這一道菜是她準備的，伯母說吃豆干做大官，表示那道有豆干的客家小炒是她炒的。稱讚了這道菜、也要記得稱讚那道菜，不可厚此薄彼，兩個女人心裡才會平衡。我和繼母雖然處得不好，但我卻也不想失禮於她。過年嘛，總是要大家高興。

過去的、老家的一切，像一扇厚重的大門，碰的一聲關上了。碰。我終於擺脫了一切。我關上台北住處的大門。我眼睛一暗，還沒適應室內不開燈的昏暗，我踩著冰涼的地板，空洞的腳步聲都會引發細碎的回響。我回來了、我回來了，我自言自語，我知道家裡現在沒有人。這間房子晚上只剩我一個人，男友也回老家過年了，他告訴我初三才回來。

這天晚上，所有人都有去處（不管他們回家開不開心，終究選擇回家一途），只有我（應該也有跟我一樣的孤僻人）躲在城市的角落，一個人狂歡。

我脫下軍營穿回來的衣服，光著身子走進浴室沖了澡，為自己洗塵，把過去阿兵哥的氣味都洗刷乾淨，馬鞭草香的泡沫浮在熱水上，流進排水孔。從今開始，我就要進入社會了，我的新人生就要展開了。

換上乾淨的衣服，坐在沙發，才坐沒多久，天色完全暗了下去，就像黑色漲潮的水淹滿客廳，裡裡外外都是水，整座城市變成黑色的水族箱，我們都滅在水底，我坐著黑暗中，感受全然的孤獨，不遠處信義路的高樓霓虹燈、一〇一大樓的光燦閃閃爍爍，為客廳偷渡進一些迷濛光亮，我斜躺在沙發上微微喘息，直到肚子有點餓了，我才打開廚房的燈，翻冰箱察看有沒有吃的？

什麼都沒有。沒有吃的。我披上薄外套、趿上拖鞋，下樓，漫步在信義路上。整條路荒涼如鬼域。為什麼連便利商店都沒有營業呢？不是廿四小時全年無休嗎？在永康街、金華街繞啊繞，偶爾聽見舊公寓樓上傳出落雨般的洗麻將牌聲，街角的台菜小館傳出鬨鬧的笑語聲，幾個親戚關係的男人聚在餐廳門口旁一邊聊天一邊抽菸，每個人喝了酒紅光滿面。可是所有的團聚都跟我沒有關係。我只是一個局外人。

走著走著，我飢餓的感覺已經不是開玩笑了，我失去漫遊的閒情逸致，認真繞到大馬路覓食，終於在金山南路找到一家亮燈的吉野家。沒想到櫃台前大排長龍，原來沒有回家吃團圓飯的人這麼多。有年輕媽媽帶著年幼稚子，坐在二樓窗邊，一口一口餵食著他。尋常的晚餐畫面，可是除夕夜這天看著卻不尋常，母子為什麼落單呢？我在腦袋裡為母子腦補各種情境故事。二樓用餐區安靜吃著丼飯的人，一口一口吞著自己的故事。

除夕夜，時間忽然暫停了，只剩下我一個人漫遊。我自虐地享受著孤獨與自由，讓自己變成強壯的怪咖。孤獨指數表，敢獨自看電影得一分、敢獨自唱KTV得三分，那麼，像我這樣，敢獨自吃年夜飯，可以得幾分呢？我想著遙遠的未來，身為一個男同志，老年獨居的機率恐怕很大，尤其是我這種無法融入團體生活的人，將來獨居是必然的選擇。和我相愛的男友先走了，而我又老得找不到伴，獨自吃年夜飯是必然的事。也許我一邊吃，一邊讀張愛玲，孤獨老、孤獨死這些經歷，她走在我前頭。教會我，在闔眼之前，都可以享受著一個人的歡愉。

我拎著零食與啤酒，是唯一還有營業的便利商店買的。一個人大搖大擺走在信義路上，一〇一大樓像一根巨大的蠟燭，我踮起腳尖就可以吹熄它，許個願望，讓我在年老之前，可以活得痛快。我篤定主意，未來每一年都不回家吃團圓飯了。被罵就被罵吧，與其看到不喜歡的人，不如根本不要見面。大家各自清心不是更好嗎？我要回去躺在沙發上，安安靜靜的，我不要再被強迫看那些難笑又浪費時間的除夕特別綜藝節目。我要播放一張極簡鋼琴歌單，讓水流的音符從喇叭流出來，讓黑色的水淹沒整座客廳，淹滿、淹滿，我愉快漂浮起來。飽飽地睡一覺，明天乾淨的陽光會喚醒我，我將活力充沛迎接新的一年。

# 蚵殼

男友喜歡吃蚵仔，每搬到新的地方，我就去附近的傳統市場幫他找蚵仔。

搬來新家以後，我來到橋邊，一條露天小街。提著大包小包的婆婆媽媽，一臉就是買得很盡興的表情，人間煙火，奔騰熱氣從街心竄出來。有人潮聚集，表示食材就會新鮮，一定是個不錯的市場。

選了週末早晨，走進熱力四射的街市，特別來這裡找蚵仔。遠遠的，聽到有人在吵架。只看到一位穿著橡膠雨鞋的駝背大姊，和一位掛著水淋淋帆布圍裙的叔叔（貌似賣魚的）在理論。

走近定睛一看，那人群裡不只賣魚叔叔，而是一群攤販：賣青菜的、賣熟食的、賣雞肉的聯合圍起來合攻駝背大姊。你一言、我一語，激烈的語言像流彈一樣噴射出來，擦過我耳邊：「妳母湯啊捏啦，飼狗，結果全部的流浪狗都跑進來市場，客人會覺得市場沒衛生！」，「市場不是妳一個人的！妳不要這麼特立獨行！」駝背大姊原本還抬頭挺胸回嘴兩句，結果越來越弱勢，最後不甩那些人，走回攤子後面收拾著自己的事。眾人見了，又說了幾句，自討無趣，便各自回去。

等到人潮散了，我經過，瞄見駝背大姊的攤子，正是賣蚵仔。

我心想，她現在肯定心情不好。雖然顧客比較大，但遇到老闆心情不好，顧客還是別去掃到颱風尾比較好。加上我第一次跟她買，難免要問東問西，一定又惹她心煩，說不定她還會「歹聲嗓」，我沒在傻，貼人家冷屁股。於是先跳過蚵仔，先去閒逛一圈，回頭再找她。

誰知道，整個市場居然沒有其他賣蚵仔的攤子！只有她賣。踅回來時，她的攤位已經變成空格。吵完架，她打包走人，今天不賣了。

第二次見到她，她依然埋頭忙碌，我站在攤位面前很久，她都不理我。直到我喊老闆娘，她才粗聲粗氣問我：「你要啥？」

我指著乾的蚵仔、濕的蚵仔問她怎麼賣？她沒停下手邊工作，背對著我，用喊的回答：乾的，一斤一百八；濕的，一包兩百。我又問蛤蜊大中小的價格？她側眼我，接著，伸手進袋子取了一片深咖啡色的扁物，朝我走來。我正惶惑她要幹嘛？她駝背的身子經過我身邊，稍稍擠過我，把手上的扁物塞到一隻大狗的嘴裡。原來是拿肉乾給狗狗吃。那隻狗咬走肉乾，搖搖尾巴，便穿過人群，踱到市場角落享受去了。蚵仔大姊指著三盆蛤蜊，說，最大顆一斤一百三，然後一百二、九十。說完，就沒再理我，話語簡潔，又帥氣地回去忙她的事。

原來她是因為餵食流浪狗，才跟市場的人起衝突。後來，我再去光顧，總會遇到不同的大狗，像來找好朋友那樣，晃到她的攤位前，靜靜不動，深情地盯著她看。那些狗好有人性，從牠們黑溜溜的眼睛，感覺有千言萬語在表達。前世為人，今世為狗，而人類的意志還禁錮在狗身裡，透過深情的眼睛表達出來。大姊看到狗，眼神會化得很溫柔，拿出一片大肉乾塞到牠們嘴裡，她嘴角有笑。

不曉得為什麼，我在旁邊看得很觸動，覺得她在發光，我當下被她圈粉了，不管她臉多臭。她的心其實很善良，又或者說，她與人來往時有點害羞。

又一次，我去光顧。在我前面的顧客是一位面容孤苦的女人，她的臉瘦瘦發黃，髮質粗硬，用一條髒髒的髮束綁成馬尾，我總覺得她的頭髮一定很久沒洗，光看著就好像聞到一股臭味。我很罪孽，我一向相信眾生平等，但我的腳步卻是下意識地向後退，怕她身上的氣味薰到我臉上。我很抱歉。

女人身上穿著一件粉紅色上衣，也是破舊骯髒，領口一圈沾著發黃的陳年污漬。髒掉的粉紅色，是這世界上最淒涼的顏色，像被玷污的青春，像被丟到垃圾桶的洋娃娃。我又退了遠一點，看著她伸出瘦骨的手，接過一袋沉重如石礫的蛤蜊。

「算妳六十就好。」蚵仔大姊親自拿出來給她，雙手交到女人手上。我以為我聽錯了，那不是九十元的蛤蜊嗎？女人感激道謝。蚵仔大姊臉上不悲不喜。

我們站在攤前望著女人遠去，蚵仔大姊看到我，輕輕跟我說：「她生活比較不好，我算她比較便宜啦。」這是蚵仔大姊第一次找我「閒聊」，我望著她臉，發現大姊眼睛斜視，兩顆黑眼珠朝左右飛去，難怪她之前講話，都有點側眼，讓我誤以為她很驕傲，原來錯怪她。我真心告訴她：「大姊很好心欸。」她沒理我。

隔年春天快過農曆年時，市場特別熱鬧也特別寒冷，飄著刺骨的寒雨，地上濕漉漉。大姊攤子旁邊多出一座賣草莓的小平台，緊貼著她擺蚵仔、蛤蜊的盆子。甜美嬌紅的大草莓與肥大灰綠的蚵仔擺在一起，有點奇葩。

大姊今天心情特別好，招呼我說：「要不要買草莓？好吃噢！我自己也有買！」我反問，草莓不是妳批貨的嗎？「他在賣。」旁邊站著一位害羞的小哥，對我傻笑。原來是大姊分出攤位，借小哥臨時擺攤。我笑：「大姊說好吃的，我買！」拿了兩盒。大姊今天特別興奮，對我說：「年輕人要創業，我們就要支持。不然沒有信心，年輕人心裡會怕！」我買完，向大姊說聲：「大姊！新年快樂啊！」這次，大姊有回我：「新年快樂！新年快樂！」我特別高興。

疫情嚴峻以後，市場就出現奇妙的現象，幾家攤販忽然間就消失了，熟悉的位置忽然空出一格，來逛市場的婆婆媽媽也銳減許多，走在街心有種空疏的感覺。我問大姊：「賣魚的一家人最近都沒出來？」其實我想問，他們是不是確診了？「好像放假，回下港了吧？」下港，就是回南部的意思。善良的大姊在維護他們嗎？即便他們曾經對大姊不好。

正說著，我們聽到冷清的空氣忽然爆出巨大的鐵鍊撞擊聲，緊接著聽到一聲淒厲的狗叫，發財車莽撞地停下，司機下車察看，碾到一隻嬌憨的流浪幼犬。

柏油路積著一小攤鮮紅的血，乳犬全身抽搐，啼著劇痛可憐的哭聲。大姊叫了一聲「慘了」衝過去。幾個人圍觀在車輪旁邊，有年輕太太皺著眉頭心疼、有飽經世事的歐巴桑淡定地說：「不會活了。」大姊機警地取下脖子的毛巾，把巴掌大的奶狗包起來，捧在手上，像一塊爛豆腐。三步當一步跑回來。發財車司機又跑回車上，把車開走了。

人潮繼續疏通，市場買賣吆喝依舊。彷彿沒有這件事發生過。

大姊急著問我，可不可以幫她顧一下攤子？當然可以，可是我不會賣東西啊，我連按電子秤都不會！現在也不是慢慢教我的時候。怎麼顧攤？

大姊神色若定：「顧著就好。客人來，叫他們晚點來，說老闆娘有事。好嗎？」我點頭。大姊捧著那隻狗，往市場的另一個出口衝過去。我訥訥望著她的背影，然後跨到攤子後面，傻傻地站在那裡。

後來幾次買蚵仔，我都問起那隻小狗的狀況，大姊那天把牠帶去獸醫那裡，命是救回來了，但終究瘸了一條腿。大姊帶牠回家，打算養牠一輩子。我想幫忙補貼一點飼料錢，卻始終因為我害羞的個性，拖了好久才拿給她，她堅持不收，我拜託她：「讓我當一次好人啦！」她才收下。

說到流浪狗，我才想起，好久沒看到那些「來找好朋友」的肉乾狗。大姊苦笑：「有人通報捕狗大隊，全部抓走了。」恍惚間，我看到一張兜網往我頭上罩下，把我按進鐵籠，送上車，車後排氣管噴出廢氣，我望著最後一眼市場小街離我越退越遠。

大姊為了感謝我那天幫她顧攤，特別準備一袋帶殼牡蠣給我當謝禮。用尼龍網袋裝著，像一顆顆醜怪的綠色石頭，我驚喜眼亮，沒吃過，怎麼煮？大姊說很簡單，拿牙刷把蚵殼刷一刷，放進鍋子，淋一點米酒，蒸十分鐘，蚵殼張開就是熟了。

我回家後，按照大姊的方法洗蚵殼。忽然我很好奇，裡頭長什麼樣子？我拿了一根鐵叉輕輕撬開蚵殼，裡面躲著肥美的蚵肉。我想起大姊的臉，想到她一開始又臭又硬、又難相處的個性，不就是蚵殼嗎？打開緊閉的蚵殼，裡面會是最柔軟的內心。

# 溫泉一夜

沒想到濛濛陰雨的假日，北海岸居然會堵車，可見疫情期間大家悶壞了。我們抵達烏石港已經傍晚。長途車程，我憋了兩個小時的尿，終於找到可以上廁所的觀光漁港，沒想到排隊停車的車龍很長。我們都不說話，剛剛在福隆時，我們才大吵一架。雖然沿途我想尿尿，但一想到要向他「請求」，我寧可忍著，聽著淅淅沙沙的廣播越聽越煩，水聲雨聲的白噪音催促著我頻頻鼓動的尿意，索性關掉音響，車子裡的氣氛一下子降到最低。

我們兩個平常各忙各的，假日就是睡到中午，叫 Uber Eats 來吃、追劇，唯一的出門就是去健身。想開車出去玩，講了好幾次，但又懶得規劃，就這樣拖著。要不是他的公司送他一張礁溪的溫泉飯店住宿券，我們也不可能出門。

我是再也無法忍受了——我是說尿尿。「我快憋不住了。我先下車。」我下車，穿過海岸線絡繹不絕的人車，跑進漁港裡那座白色建築物。海的腥味、廁所陳年的尿臊味，一下子混進我的口罩裡。我出來洗手，看著髒髒的鏡子，鏡子裡站著一個失神的我。我有一點茫然，卻又不想這麼快回到車上，我就繞到廁所後面，眺望逐漸灰暗的大海，站在這裡搧海風。

烏石港我們來過好幾次，剛在一起談戀愛時，我們也是沿同樣的路線從北海岸一路開下來。那日天氣晴朗，一路暢行無阻，兩個人一路上有講不完的話，沿途景點都停下來合照。在烏石港尋找好吃的燙小卷。鹽水清燙整隻小卷，裝在塑膠袋裡抓著吃，柔軟彈牙的小卷，還熱呼呼的，咬開，滲出滿嘴甜味，帶著淡淡的鹹汁，像美味的海水流進嘴裡。他問我，這是漁夫直接取海水燙熟的嗎？我笑了，他湊在我嘴邊，要我吃一口。我推開，對他說起我小時候的故事：

小時候，我外公曾在南方澳抓小卷。晚上跟船出去，凌晨回港。漁市拍賣都在凌晨進行，才能趕在早市營業前供貨。那個晚上，我被大人窸窸窣窣的聲音吵醒，睡眼惺忪走到客廳，神明廳的香爐已經插上好幾支香，表示大人要出門工作了。外婆說，漁船要入港了。我拉著外婆的衣角一定要跟她一起去。她拗不過我，快快地幫我穿好厚外套，就帶我去港邊。

外婆讓我站在機車的踏板上，從巷子摸黑騎車出去，寒風一路颳著我的臉，我有點想睡，又無比清醒，快接近港邊時就看到岸邊一片光亮、人聲鼎沸。漁船一艘一艘進來，船頂掛著一顆像眼睛一樣的探照燈，從遠方黑域逐漸駛進港灣。岸邊掛著一排燦亮燈泡，燈火通明，每個人穿著防水帆布的圍裙、雨鞋踩在濕漉漉的地上幹活。到港的漁船，水手抛下繩索，岸上的人就趕緊拉起繩索、纏到岸側的圓墩，外婆與一群人湧上去，雙手扳住船沿，讓船整個貼著岸。一箱又一箱塑膠籃就從船上傳下來，有人接著、有人監視察看。

不一會兒，一個面容斯文的男人穿著圍裙雨鞋走過來，蹲下來清點漁貨，手裡拿著一台計算機，快速算好。撕下一張紙給船長。他是魚市的人。

外公下船，看到我頗為驚訝，笑著說：「你怎麼會在這裡？」拔下他的手套，牽起我的手，穿過寒風，帶我走進溫暖的魚市，買一碗熱杏仁湯……

當我跟男友講起這些事時，他咬著手中的小卷，聽得津津有味。他問我：「我們明天要去看你阿姨，現在還在南方澳賣小卷？」

剛交往的戀人，對於彼此的過往總是好奇。想到什麼就說什麼，恨不得把自己所有過往都像漁貨一樣，整船整船倒到他身上，用盡各種詞彙描述、折騰所有敘述手段，把泯滅在腦子暗海的記憶全喚醒過來，拉上整排的燈光，把記憶像漁貨一樣簍簍展示吆喝拍賣，像那一夜燈火通明的南方澳，牽著他的手，走進那燈火熱鬧的地方，讓他也看看我腦海裡的活跳跳的情景。不只兩個人的身體要交合在一起，記憶也要交合在一起，瘋狂的熱愛，兩個人合而為一。

那次我們一邊吃著烏石港買的小卷，有說有笑，一路玩到羅東住一晚、逛羅東夜市，我第一次知道他迷戀蔥，在夜市吃了三星蔥餅、又吃了三星蔥包，還意猶未盡。隔天去南方澳探望我阿姨，最後上蘇花公路，驅車花蓮。

多年前的那一天，我們抵達南方澳還不到中午，阿姨在市場裡還沒休市，我們先去市場找她，看到她在洗箱子，攤上的貨品賣得差不多了，剩下十來條鯖魚、白帶魚、塑膠盆裡還剩半盆蛤蜊、海瓜子，攤子的另一邊，擺著不鏽鋼方盒，早上燙好的小卷還沒賣完。我跟阿姨要了幾尾燙小卷，（本來要給阿姨錢，她罵我三八！）男友吃得讚不絕口。阿姨說：「早上到港，現燙好的當然好吃。」阿姨看我沒吃，指著我，笑說：「你小時候吃到怕了齁？」

我在攤上陪阿姨聊天，打發男友自己去逛。阿姨看著男友離去的背影，問我：「恁朋友是在做什麼的？」我說在外商公司上班。阿姨聽了眼睛一亮，喃喃說不錯啊，又問：「伊娶某啊沒？」我避重就輕回答：「現在拚事業，沒在想那個。」阿姨嗤一下鼻子，笑說：「你們這些年輕人，不趁早嫁娶。到老了才生小孩，到時就沒那個體力帶小孩。」悠著悠著，阿姨又輕嘆一口氣，說：「嘛是好啦，結婚有什麼好？兩個人拖磨而已啦。」阿姨是在說自己。姨丈外遇以後，他們不曉得吵了幾年，等到小孩大了，阿姨才看開：「那種臭貨誰要誰拿去！我再去交一個小鮮肉就好。」阿姨曾經豪氣地對我這麼誇口。幾年了，阿姨覺得守著這個漁攤，自己賺自己吃就很好：「賺錢給男人花，我沒那麼傻！」

兩個人拖磨啦！當時我在跟男友熱戀，看在眼裡什麼都是美的，阿姨的喟嘆自然當成海風吹過耳邊。我以為自己離幸福很近，沒想到阿姨一語成讖，兩個人在一起，到最後，拖磨而已。

交往第八年，我們養著一條狗，週末帶狗去公園散步，回到家男友就把狗抱進浴室，開始幫狗洗澡。洗完澡，幫狗吹完毛髮，一人一狗好像又滿頭大汗了，氣喘吁吁，癱坐在沙發上吹冷氣看電視，我湊過去靠在男友的大腿上，他卻不耐煩地把我推開，說：「你還沒洗澡。」他撈起狗，整個抱在懷裡，親著牠的臉頰說：「我們都洗好澡了，香香的；有人沒洗好澡，臭臭的。」他每天只想跟狗在一起。總是這樣，他回到家就抱著狗躲進書房繼續忙，打開電腦整理表格、交代電話，我總想著他在忙不要吵他，等到他出來坐在沙發上休息，我靠過去，他又一臉嫌惡地說：「我很累。可不可以不要煩？」

也是因為狗，我才發現的。狗的鼻子很靈敏，很奇怪，平常上班出門回來，牠只會在門口迎接；但是如果去了別人家，回到家時狗就會湊在腳邊聞東聞西，好像聞見別人的賀爾蒙氣味。

那個週六夜，我無論怎麼打電話，他就是不接，傳訊息也不回。說好要去看電影，票都買好了，他就是沒有出現。他說，公司禮拜六要加班，傍晚就會回來，但我等到晚上十一點，家裡的門才打開，走進一個穿著襯衫，一臉心虛的他。狗湊到他腳邊聞東聞西，我瘋了似的拉走他的公事包，拿出手機，看到未讀訊息：「你到家了嗎？到家跟我說噢。下次再抱抱。」

我看著心都冷了。

他說不會再跟他聯絡了，他說對方那麼小（小我們十歲），只是玩玩而已。

但今天在福隆時，他的賴一直登愣登愣響個不停。我說：「我要看。」他反而把手機藏進駕駛座旁的置物格，關靜音。我問：「你為什麼不敢給我看？」他忽然發飆：「你是有病是不是！就跟你說沒聯絡了。你不相信我嗎？怎樣？就偷吃一次，以後我的隱私權都要交給你喔？」好像一發不可收拾：「你說要出來玩，我們現在就出來玩啦！你還想怎樣？」一邊說，一邊拍打方向盤。還不小心按到一聲叭。前面的車被嚇到似的抖一下。

接下來，一路塞車，我鐵青著臉，一句話都不講。

抵達礁溪，走進飯店房間，最裡面是浴室，黑石砌成的大浴池，木頭桶盆、木水杓，還有兩人份的潔白厚毛巾。多少年來，我們住過好多飯店，兩個人總是喜歡在入住那一刻，走進浴室看看浴缸、摸摸浴室裡的備品，彷彿光是這樣撫摸著就有難以言喻的幸福感。坐著浴池，試開水龍頭，聽著嘩啦嘩啦的水聲擊地，就像甜蜜的樂章，溫泉熱霧蒸騰，我眼前出現幻影，彷彿看見兩個人並肩浸在浴池裡的畫面。關掉水龍頭，幻影隨熱霧消散而不存在了。只剩下現在冷冰冰的我們兩個。

他說雨太大，跟飯店借了一支傘，但其實只是煙雨而已，我原本就有一支傘，但他不願跟我撐同一支傘。走下山坡，煙雨濛濛，溫泉街夜燈熱鬧，燈火迷離，沿途店家一個複製一個：溫泉魚泡腳池、宜蘭牛舌餅、鴨賞金棗奶凍捲……他問：「晚餐吃什麼？」在網路上找到一家小館，專賣宜蘭美食：西魯肉、糕渣、卜肉、溫泉空心菜，評價四顆星。他沒意見。餐桌上，我藉話題跟他聊天，假內行說起西魯肉跟白菜滷不同，「你看，上面鋪滿這些蛋朥，添香、吸汁，西魯肉的標誌。」他偏著頭滑手機新聞，沒理我，夾起一口燉得軟爛的白菜送進嘴裡，他聳聳肩：「吃起來就是白菜滷啊。」

回到飯店，我浸在浴池裡，他躺在床上，手指滑來滑去，還自拍好幾張，不曉得要傳給誰？

浸在溫泉池裡，我望著窗外山坡下的礁溪小鎮，望著出神。兩個人多拖磨而已。兩個人住在一起，久了就失去新鮮感。是從什麼時候開始的呢？他開始謊稱要加班，卻是想逃開我，「好好放自己一天假」。之前我在臉書讀到心理醫師說，當情感關係出現外遇，不要苛責自己哪裡做不好，不要過度追究外遇發生的原因，應該把重心放在如何修復關係，或走向各自的未來。沒想到我現在就用得上這句話了。

我不知道在浴池裡浸了多久，一個剎那，溫泉小鎮的霓虹燈一盞一盞熄滅了，像一波黑色大浪打上來，又沖刷下去，洗掉小鎮夜裡絢麗的顏色。外面忽然漆黑一片。我不知道浸在池子裡浸了多久，池水溫溫冷冷，越來越冷，我的肩膀沾著水珠都在發抖。我抱著自己躲在池子裡瑟縮。就像我們的感情，沒有添加新的熱源，沒有碰撞新的熱情，於是就變冷了。浸在越來越冷的池水裡，他是早就受不了了，而我以為這就是我要的「平平淡淡的生活」。要努力修復嗎？以後的生活都要像今晚這樣一直熱臉貼冷屁股嗎？要放棄嗎？我又不甘心。

月光穿透玻璃，月影在水面晃盪搖曳。兩人多拖磨而已。我望著池水很久很久，決定嘩啦起身，把一身狼狽水珠的自己擦拭乾淨。

# 香火

阿古捧著神像，我提著我們的行李，出了彰化火車站，我們就看到阿古媽媽的藍色小貨車。

前年我和阿古到鎮瀾宮請了一尊分靈媽祖，供奉在我們台北住處。我們兩個都是媽祖粉，會認識也是因為媽祖，我們都說是媽祖牽線的，祂是我們的月老。

有放假的日子，我們會規劃小旅行，帶著媽祖四處進香。這次回來阿古的老家，就是打算去南瑤宮、鹿港天后宮進香。

阿古媽媽指揮我，把行李放到貨車後斗。阿古抱著媽祖，先坐上駕駛副座。

貨車的後斗，堆著好幾個紙箱，都是要出貨的香品。阿古他家是製香老舖，他阿祖當年在鹿港當學徒，後來到彰化市區開舖，傳到阿古這一代已經是第四代了。阿古並沒有打算繼承家業，他爸媽也沒有勉強他。

阿古是獨子，他說小時候爸媽很寵他，不管他要什麼，爸媽都會滿足他。阿古有著善良的秉性吧，他沒有因為得寵就長歪。唯一讓他爸媽擔心，是阿古在高中時，發現了自己對於畫畫的興趣，以至於荒廢了學業。爸媽雖則擔憂，也只有試探問他要不要補習？當阿古開口向他們要錢，買昂貴的繪圖軟體跟設備，爸媽還是二話不說就拿錢出來。

「我爸媽不曉得怎麼栽培我，就放由我去。現在回想起來，他們給我的自由和信任，就是在栽培我。」阿古說。

長大以後，他的爸媽也沒有因為他是獨子就特別依賴他。放他自由飛。阿古身上散發的溫溫安靜、堅持，還有隨遇而安、不爭的個性，也許就是來自阿古爸媽。

普通假日，彰化街頭安安靜靜的，不像媽祖遶境時四處交管、堵車，沒有一處清閒。沒多久我們就抵達南瑤宮。今天廟埕只有我們一台車，不似之前擠爆香客，連站在廟門口自拍都會被人潮推擠。南瑤宮靜得像回到百年前，夕陽映照下的媽祖廟，古雅精巧的樓閣雕飾都在發光，靜而輝煌。

才走到廟門口，門內的執事爺爺看到我們抱著神尊，便知道我們的來意。他立刻揮手，示意服務台打開按鈕。咚、咚、咚……迎神的鼓樂一聲一聲莊嚴敲響，迴盪在傍晚金色的微風中。

我們捧著媽祖走過寬敞的中庭，步上石階，登進大殿。執事爺爺等在裡頭，雙手高舉，把我們的媽祖捧了進去。參拜過後，我和阿古在服務台登記，表示明天早上才來請媽祖回去。

回到阿古的老家。這是我第四次拜訪。前三次，都是因為大甲媽祖遶境。

那年我一個人走，過了大肚，進入彰化縣境，在國聖里吃到傳說中當地信徒每年奉獻的「米糕春捲」時，看到阿古坐在涼亭，很專心在速寫。我覺得很厲害，忍不住跟他搭訕。可能也是我的同志雷達很強吧，當他跟我說話時，我就知道他跟我一樣了。

我們結伴走，在彰化的小村落繞來繞去，我們聊得很來。我問他，你也是一個人走嗎？我問他，晚上打算在哪裡休息？他說，他老家就在彰化市，他會回家睡覺。

他反問我：「你呢？你要睡哪？」我說，可能到市議會打地舖吧？我們又走過兩間廟，他才跟我說，可以去他家睡一晚，「如果你想要的話。」我笑了，我一直在等他這句話。

這次見到阿古爸，他也是坐在店裡，看著電視，他看到我們，眼裡有笑容：「噯！回來啦！」

阿古爸從十四歲就開始做香，做到現在快六十了，做了一輩子的香。

目前店裡製香師傅只有阿古爸一人，一天只能生產二十斤。他們家的頂樓就是小型的製香工廠，我參觀過一次。

阿古爸展現古老手藝，手裡抓著一把桂竹枝，浸水、沾上楠木黏粉，抖散，曬乾，這就是線香的基礎。隔天收進竹枝，再沾水，楠木粉遇水發黏，竹枝就有了黏性，然後沾檀香粉、抖散。接著反覆沾楠粉、沾檀香粉，直到線香長肉成形。線香排出去曬太陽，曬乾曬透後，收攏成束，再浸入顏料，染成桃紅色的香腳。成捆的線香搬出去，在地上開出一朵朵桃紅的花，宛如盛開的牡丹，曝曬在太陽底下。最後在香腳尾巴刷一層金粉，才大功告成。

我和阿古在台北拜媽祖的線香，就是阿古家寄上來的。老山香有天然的乳香，濃郁溫潤；惠安沉香有一絲絲甜味，甜而富貴，是我最喜歡的香。阿古喜歡用小盤香和臥香，說是燒出來的氣味比較純粹，他說線香裡的有一根竹子，燒出來的氣味會比較雜。

晚上，阿古騎機車載我到彰化街上亂晃，騎著彎彎的山路上八卦山，說要帶我去看夜景。迎著夜風，我心裡好滿，我從來沒有在彰化過夜，剛剛一路騎來，經過阿古以前的學校，還有他中學常常逛的金石堂，他還帶我去吃老牌雪綿冰，花生雪綿冰上面淋巧克力醬、花生米，他獨鍾這一味，在台北都找不到。

雖然我心裡還是會擔心，下午阿古媽媽撞見我們，我和阿古在他房間，兩個人玩鬧時抱在一起，結果他媽媽忽然出現在門口，我們三個人都嚇了一跳。我一直擔心到現在，坐在機車後座，貼著阿古的背部，我看不到他臉上的表情，他沉默不語，他是不是也在想這件事？

隔天吃早餐時，一向話少的阿古爸主動開話題，他問：「你們現在拜這尊媽祖，以後，你們各自成家，媽祖怎麼辦？」阿古爸來回看著我們的臉。我是客人，不好意思多話，這個問題顯然要由阿古來回答，我眼睛瞄到阿古媽，她也眼巴巴等著阿古的答案。阿古最後說：「輪流拜吧。像爐主那樣，一人輪一年。」阿古爸點點頭，自言自語說：「我問問而已啦，拜神是一世人的事情。你們自己有想好，就好。」

阿古媽媽說她也好久沒有去鹿港了，想跟我們一起去。從彰化市去鹿港的車程只要三十分鐘，阿古媽媽一邊開車，一邊說起她年輕往事。

她還沒嫁到阿古家前，娘家在員林。她在戲院上班，當售票小姐。阿古爸爸會騎偉士牌來找她，阿古媽說，他們年輕時也很時髦，不輸我們現在，她還陪阿古爸去訂製喇叭褲，阿古爸穿起來、戴著墨鏡，整個人就是個黑狗兄。但是阿古的阿公不給兒子穿這種不三不四的褲子，所以褲子就放在她這裡。阿古爸來戲院，還得先去廁所換褲子！阿古媽媽邊說邊笑，沉浸在青春的快樂時光。

阿古媽話鋒一轉，說起她以前在戲院工作，有個男同事跟她很好，就像她的乾弟弟那樣，很貼心，她沒看過這麼貼心的男生。乾弟弟有個很要好的男生朋友，每天都來接下班。有時候還會找她一起去吃宵夜。阿古媽結婚以後，就沒有再跟乾弟弟聯絡了。

阿古媽後來也明白了，他們的關係：「現在台灣，男生跟男生都可以結婚了。不知道他們兩個，現在有沒有過得很好？」我在旁邊聽了，心裡都在發抖。阿古媽媽分明在講給我們聽的。我跟阿古都不敢接話。

請媽祖進入鹿港天后宮，我們一一參拜。從大殿虎邊要走出去時，阿古媽媽忽然伸手挽住我的手臂，也挽住阿古的手。我嚇了一跳，但我又好喜歡，我錯覺幻想，原來被媽媽挽著手是這樣的溫暖。

阿古媽帶我們去老街吃東西，經過一間老香舖，她放慢腳步，向阿古說：「這家店的老輩，以前跟阿公在同一間香舖當學徒。算起來是同門師兄弟。」

沒想到裡面的老闆娘好像認出阿古媽，對著我們一直揮手。

阿古媽拉著阿古：「這我兒子啦。現在都在台北。」「這麼大了！娶某了沒？」胖胖的老闆娘講話很豪爽。阿古媽笑說：「孩子有孩子的想法，我才不煩惱他們。我顧好自己就好。」幫阿古擋掉問題。胖老闆娘笑說：「就一個獨子，香火要顧好啊！」阿古媽也笑著點頭。

回程的路上也許是玩累了，三個人都很沉默，阿姨的沉默又深一點。

我們要回台北那天，阿古媽媽準備一袋水果，阿古爸也準備了幾款香品，尺六的線香、香環，還有他為兒子私房調配的香粉。阿古媽媽叮嚀我們：「你們在台北要互相照顧，不要四處亂跑。」看著阿古把那些東西收進行李，她聲音細細地交代阿古：「你有啥咪代誌，就要跟媽媽說，知某？要顧好自己。」

阿古抱著媽祖，我提著行李。

阿古媽又伸手，挽起我的手臂。她說：「你們這尊媽祖跟你們很有緣。你們兩個要拜，就要好好拜祂一輩子。」彷彿意有所指。

我將她的手挽得更緊，像是回給她一個承諾那樣。

本文刊於《中國時報》

# 回家

我從小就覺得沒有家。

媽媽過世後，我寄住在阿嬤家、伯母家，短暫和爸爸繼母生活過一段日子，卻適應不良只好逃家。

直到我離開家，曾經十幾年不回家，伯父伯母依然保留我的房間，他們終究覺得我會回家一趟。伯母常打電話給我，說她忽然預感我要回家了，她洗好我房間的床單，等我回家。我聽了大笑，對她說：「我沒有要回去啊。」她很落寞，靜了幾秒才說：「好啦，有空再回來。」

離開家時，我暗下發誓，從此不再回來。我一向把恨意投射在繼母身上，認為是與她交惡與排擠，我才待不了老家。可是我離家後，卻想起她煮飯的身影，那是愛的證明。但，我們彼此憎恨的場景，也是歷歷在目。愛與恨，都難以抹滅。我願意記得愛多一點。

我阿嬤也常叫我回家。她就像絕大部分的台灣阿嬤一樣，寵孫疼孫，但在付出愛的同時，也會說難聽的話傷害小孩的自尊心。彼此折磨的對話，常在我與阿嬤之間上演。我們掛念彼此，可是一見面又會難受折磨，她責怪我不回家，我說我哪有家，我的家已經給別人了。

其實我非常希望爸爸得到幸福與快樂，但我真的不適合他的家，所以我退出他的小家庭，用自己的隱形與不存在，換取所有人的和平，讓他後來成立的新家庭得以完整。還在家時，我常常從伯母家的陽台，眺望對面的爸爸家，主臥房燈火通亮，假裝那是鄰居家，裡面有爸爸、媽媽、兩個小孩，不時聽到小孩的歡笑聲從窗戶傳出來，也有我爸的笑聲。我覺得很美好，爸爸終於擁有精緻美滿的家庭。也許我不想回家，就是不想破壞這樣的和諧吧。我是個眼中釘，我不應該出現。

逃家之後，我非常茫然，害怕回去，我不敢回去，回到小鎮就好像走進我的難堪的回憶裡。但在遠方的我，卻頻頻回顧，思念不已。我慢慢才又找到回家的方法。

小時候，每年鎮上的大事就是大甲媽祖遶境經過西螺，我殷殷期盼著媽祖鑾轎經過我家，人家說大甲媽很靈驗，讓我相信祂會聽見我的孤單與無助。媽祖抵達的當日，鎮上擠得水洩不通，無盡的金色煙火朝夜空中釋放，我站在家門口等了好幾個小時，終於等到媽祖鑾轎到來。八人大轎，金光閃閃的，穿梭過夜晚的迷霧，朝我而來。喧鬧的鞭炮煙火，鑾轎深處透出幽幽紅光，深邃而寧靜，彷彿媽祖真的坐在裡面。我跪在路邊，渾身狼狽，滿腹無助與孤單，我相信祂就坐在神轎裡，靜靜聽我祈求。

這份信仰延續到我長大，我不只每年參加媽祖遶境，我還去大甲分靈媽祖回來供奉。請了一尊媽祖在家裡，早晚敬茶奉香，初一十五供奉水果，過年過節準備三牲，像傳統家庭那樣祭祀，在別人眼中恐怕是麻煩的事情，對我來說卻有了踏實感。我和男友，兩個男生組成的家庭，也有家神守護著，更像一個家。

在遠方的城市有了新家庭，故鄉仍然在夢中呼喚著我，我回家的欲望越來越強烈，我常常夢到西螺大橋，紅色的鐵橋在我夢中不斷地綿延伸長，就像一條走不盡的橋，但我必須過這座橋，才能回到家。

回家對我來說，永遠是難題。對別人來說，也許是買一張高鐵票就能馬上回家，可是對我來說……我不知道，回家這麼難，像心魔般走不完的大橋。可是我好想回家。

每年春天，是大甲媽祖遶境的香期。我總是藉著參加媽祖遶境，順便回故鄉一趟。也許是仰賴著媽祖給我的勇氣，或者靠著幾萬信徒為我做掩護，我可以像個隱形人，放心地回到故鄉，漫步小鎮的街道上，而不用驚惶害怕。

夜空施放絢爛的百萬煙火，最後一波彩色流星像泡沫從夜幕洗下來，幾萬信眾跟著媽祖鑾轎開始徒步。媽祖起駕後，我就開始往南方奔走，走在媽祖的古香路，也是我回家的路線。我沒日沒夜地走，渴了就在廟裡取水喝，累了就躺在路邊鋪睡袋，腳底起水泡了，我就把膿泡戳破、排出膿水，包紮後繼續趕路。過台中、過彰化，就可以抵達西螺大橋，走過長長的紅色鐵橋，就是我家了。

長途跋涉非常勞累，中途好幾次想要放棄。有一次，我坐在深夜的北斗媽祖廟，雙腳腫到快廢掉，下背也因為揹著睡袋行裝走了百里，疲勞過度腰桿完全挺不起來。北斗的鄉親搬了好幾箱菠蘿麵包、幾桶熱熱的甜奶茶，熱情地請我們。深夜媽祖廟，星斗滿天，我坐在台階，靠著龍柱，嘴巴嚼著麵包，嚼著嚼著居然睡著了。醒來時，眼前的香客已經換了一批人，發送麵包奶茶的人也走了。我不知睡了多久，手上還握著剩下一半的麵包。我還要走很久很久才能回到西螺，我有點撐不下去，真想賴在這裡耍廢。

我終究還是動身了，往著家的方向前進。隨著我走遠，天色也漸漸變化，從深沉的黑，漸漸轉為黑紫，然後漸層美麗的紫色越來越明亮，每個轉換的瞬間都是細緻而敏感。我走在一條漫長回家的路，也許是信仰，我始終覺得媽祖、千里眼順風耳將軍一路陪伴著我。即便我這麼孤單一個人走，祂們也還是一路陪伴著我。從我小時候，就陪著我長大，在我覺得自己無處可去時，祂們就在保身符的繡像上陪伴著我，好幾個夜晚，我捏著保身符哭泣。我不知道我這樣的人，還需要活在這世界上嗎？我就這樣一路走著走著，無懼黑暗往前走。不堪的回憶與現實，在這濃濃的夜裡混合在一起。我一路想起這些那些，也告訴自己，現在過得很好啦，不用再擔心了。不能因為童年委屈，就得到耍賴的權力，我要勇敢，要往前走，我要好好生活，我要對別人溫暖，當我發現別人也同樣孤單的時候。或許這條進香之路，也是一條和解之路吧，與過去和解、與自己和解。

我不知走了多久，天色不知不覺轉為清晨的乳白色，濛濛的，四周起了一陣大霧。濃濃的水霧，我只能看到近處的農田，翠綠稻苗上綴滿了晶瑩的露珠，微涼的風吹來一陣又一陣新鮮的土香。紅色鐵橋就在遠遠的地方，白霧中有一條紅色的線，綿延到盡頭。我快到了，不禁加快腳步，綁在背包上的進香旗，鈴鐺聲雀躍響個不停，附和著我心底的歡喜。

每年我抵達大橋的時間，大概都是清晨四點多，走過長長的大橋，日光也漸漸大亮，破開雲層，一道陽光清朗地灑落下來。漫長的回家之路，用著苦行的方式回來。當我抵達小鎮時，濃霧忽然化開，像揭開思念那樣，水霧消失不見，展開在我面前的，是熟悉的小鎮熱鬧清晨，吃早點的人、趕著上班上課的人、趕著農作的人，忙碌而匆忙，我走入他們，彷彿也是其中一員，彷彿我沒有離開過。我終於回來了，以我的方式回來，回到想念的地方，終於回家一趟。

國家圖書館出版品預行編目資料

黑霧微光／馮國瑄著. -- 初版. -- 臺北市：皇冠文化出版有限公司, 2023.04
面；公分. --（皇冠叢書；第 5083 種）(有時；20)

ISBN 978-957-33-4005-8(平裝)

863.55 112002772

皇冠叢書第5083種
有時 20
黑霧微光

作　　者—馮國瑄
發 行 人—平　雲
出版發行—皇冠文化出版有限公司
臺北市敦化北路 120 巷 50 號
電話◎ 02-27168888
郵撥帳號◎ 15261516 號
皇冠出版社（香港）有限公司
香港銅鑼灣道 180 號百樂商業中心
19 字樓 1903 室
電話◎ 2529-1778　傳真◎ 2527-0904
總 編 輯—許婷婷
責任編輯—黃雅群
內頁設計—李偉涵
封面繪圖—薛慧瑩
行銷企劃—鄭雅方
著作完成日期— 2022 年 12 月
初版一刷日期— 2023 年 4 月
初版二刷日期— 2023 年 4 月
法律顧問—王惠光律師

讀者服務傳真專線◎ 02-27150507
電腦編號◎ 569020
ISBN ◎ 978-957-33-4005-8
Printed in Taiwan
本書定價◎新台幣 350 元／港幣 117 元